文春文庫

武士の流儀（五）

稲葉 稔

JN030578

文藝春秋

武士の流儀

五

第一章　お節介夫婦

一

「大蔵屋《おおくらや》」は木挽町《こびきちょう》では名の知れた酒問屋だった。

間口五間、奥行き十五間の店構えで、番頭以外の奉公人は、二人の女中を入れて六人。まああの所帯であろう。

贔屓筋《ひいきすじ》はいろいろあるが、町の東側にはいくつも大名家の屋敷があるし、なにより森田座《もりたざ》と河原崎座《かわらさきざ》という有名な芝居小屋がある。

芝居小屋には当世の人気役者たちが出入りする。

団十郎《だんじゅうろう》、海老蔵《えびぞう》、菊五郎《きくごろう》……。

おはまが大蔵屋に嫁いだときには、そんな役者に会えるのが何よりの楽しみだった。ところが芝居を見るときとちがい、普段の役者は化粧をしていないので、誰が誰だかわからない。

「ほら、いまの人が団十郎ですよ」

と、年嵩の女中に教えられても、おはまにはぴんと来なかった。たしかに高直《こうじき》そうな着物を着て、髪にも櫛目が通っていて見栄えはいいが、その辺の金持ちにしか見えなかった。

それでもそういう役者に会えるのが、木挽町である。

おはまが大蔵屋の若旦那・田蔵《たぞう》に嫁いだのは、この頃にしては遅い二十歳のときだった。一年後に女の子を出産し、おなつと名付けた。

おなつを負ぶって子守をするときは、芝居の引ける夕刻に楽屋口のそばへ行き、出てくる役者を眺めたものだった。胸をときめかせてはいたが、なぜかがっかりすることが多かった。ほんものの役者が、役者絵とはかけ離れすぎていたからだ。

それはさておき、おはまは夫・田蔵のために、また舅姑のいいつけを守り、裏の仕事をする女中たちにまじってこまめに立ちはたらいていた。些細な粗相もあったが、そんなときには夫の田蔵がやさしく慰《なぐさ》めてくれた。

小言をいいながらねちねちと叱るのは、姑のおさきである。やれ味噌汁がぬるい、障子の桟《さん》に埃がたまったままだ、おなつがお漏らししたのに気づかないのかい、などなど数えあげたら切りがない。

おはまはそのたびに頭を下げて謝り、気をつけますというしかない。

「おっかさん、そんなに目くじら立てるほどのことではないだろう」

救いはそうやって田蔵が庇ってくれることだった。

舅は大旦那として店を切りまわしているが、普段はおっとりした人で、こうしろああしろといったことは一切口にしない。

「今日は顔色がいいねえ」とか「いつまでもおはまは若くて羨ましい」などと、商売人らしく褒めてくれる。

だから、おはまはねちねちと嫁をいびる姑だけに我慢していれば、まずまずの商家の嫁として暮らしてくることができた。おなつも今年で四歳になり、あまり手がかからなくなった。

ところが、二月《ふたつき》ほど前から夫の田蔵が変わりはじめた。些細なことで腹を立て、口を利かなくなったり、姑といっしょに叱りつけたりするようになったのだ。

それは日に日にひどくなり、ついに夜の営みもなくなったばかりでなく、昨日はおなつが着物を汚して帰ってきたのを見つけるなり、

「おはま、こっちへ来い！」

と、奥座敷に呼ばれた。血相を変えた顔でにらんできたと思ったら、いきなり頰をたたかれた。

「どうしてちゃんと見ていないのだ。あれはおっかさんが三つの祝いのときに誂《あつら》えてくれたものじゃないか。泥をつけているわ、袖は破けているわ。どうしてくれる。おっかさんに申しわけが立たないではないか」

「すみません、気づかなかったのです」

おはまは頰をさすりながら頭を下げた。

「いいからおっかさんに見られないうちに何とかしろ。ほんとにだらしない女になっちまって……」

田蔵はぷりぷりと怒った顔で帳場に戻っていったが、残されたおはまは頰の痛みを堪えながら、目に涙をにじませた。

たしかにおなつは着物を汚し、袖が破けていた。近所の子供たちと近くの空き地で遊んでいるとき、藪のなかに入ってそうなったらしい。

おはまはおなつに着替えをさせると、姑に見つからないように破れを繕《つくろ》い、そして汚れを洗って乾《ほ》した。

「何だかおまえの顔を見ていると気が滅入《めい》る。飯もまずい。今夜は外で食べる」

暖簾《のれん》を下げたあとで田蔵はそういって出て行こうとした。

「待ってください。どこへ行かれるのです？」

呼び止めたら、キッとした目でにらまれた。

「亭主がどこへ行こうが勝手だろう。まったくどういう躾を受けてきたのだ。これだから甲斐性なしの親の娘はもらいたくなかったんだ」

（甲斐性なしの親……）

うつむいていたおはまはハッと顔をあげて、田蔵を見た。父親をそんなふうに見ていたのかと驚きもし、悲しくなりもし、そして腹も立った。

「何だ、その目は。何か文句があるのか。いいたいことがあったらいってみろ。なんだ？」

田蔵は詰め寄ってきて襟《えり》をつかんだ。

「何でもありません」

そういうと、どんと肩を突かれ、おはまは後ろに倒れて尻餅をついた。田蔵は「へん」と短く吐き捨てると、そのまま夜の町に出かけていった。

一人取り残されたおはまは唇を噛み、その朝のことを思いだしていた。

いつものようにおはまは、田蔵と舅の食事の世話をしたが、田蔵は一言も口を利いてくれなかった。それに昨夜は酒が過ぎたらしく、青白い顔をして不機嫌そうでもあった。

「田蔵、毎晩毎晩出かけているようだが、ほどほどにしないと仕事に差し支えるだろう」

父親に窘《たしな》められても、

「なにまだ若いんだ。おとっつぁんといっしょにしないでおくれ」

と、言葉を返し、席を立った。

「生意気なことを。今日は掛け取りがあるのを忘れるな」

「ああ、わかっていますよ」

そのまま着替えをしに奥の間へ向かったので、おはまは追いかけるようにして着替えの手伝いにかかったが、脱いだ寝間着を畳んでいると、

「少しは笑ったらどうだ。浮かない顔を見せられると、こっちまで気が滅入るんだ」

と、毒気のある言葉を吐かれた。

「それは、あなたがわたしを……」

おはまはいいかけた言葉を呑み込んだ。

「何だ、わたしがおまえに何をした。何をしたというんだ」

おはまは唇を嚙んでうなだれた。

「いってみろ！　なんだ！」

「あなたがわたしに冷たくあたるからです。わたしのどこが気に入らないのです。いってくだされば直します」

「何だと……。いつ冷たくした。いつもと変わらないだろう。だったら、浮かない暗い顔を直せ。めそめそした顔をするんじゃないよ。ろくに子供の面倒もみられず、粗相ばかりしやがって、誰のおかげで暮らしていけていると思うんだ。この間抜けが」

田蔵はそういうなり、おはまの頭をぽかりと打った。

「あっ」

打たれたところが急所だったらしく、おはまは小さくうめいてうずくまった。

すると、

「どけ」

と、田蔵はおはまの尻を蹴って奥の間を出て行った。

おはまは我に返ると、尻餅をついたまま、

「なぜ……」

と、つぶやきを漏らした。

二

晩秋の風が吹いているが、空は高く晴れわたり暖かい日であった。

（小春日和《こはるびより》か……）

桜木清兵衛《さくらぎせいべえ》はいつものように散歩に出ていた。着流しに羽織、腰には大小。腰の物はあまり使うことはないが、そこは武士の体面である。

鉄砲洲本湊町《ほんみなとちょう》の自宅を出た清兵衛の足は思いにまかせて進む。これといってあてはない。気の向くまま風の吹くままである。

鉄砲洲の河岸道を辿り、陽光にきらめく海を眺める。白い帆を張った漁師舟が沖合に幾艘も見えた。海岸近くでは海鳥が鳴き声をあげながら舞い交っている。

鉄砲洲の外れにある明石町《あかしちよう》まで来ると、町をまわり込むように西側の道を逆に迦った。右側は商家の並ぶ町屋だが、左側は大名屋敷だ。鳥取若桜藩《とつとりわかさ》松平《まつだいら》家、肥後《ひご》熊本新田藩《くまもとしんでん》細川《ほそかわ》家と過ぎれば、また両側に町屋がつづく。

日当たりのよい天水桶《てんすいおけ》の上で寝ていた猫が大きな欠伸《あくび》をした。

（おまえも暇な身なのだな……）

清兵衛は頬をゆるめて猫を眺めてやり過ごした。

自宅のある本湊町を過ぎると、足は自然に稲荷橋《いなりばし》に近い甘味処「やなぎ」に向く。茶を飲みながら団子でも食べようと思い立ったのだ。

それにしても午後の日はぽかぽかと暖かい。

散歩に出ず、家でごろりと昼寝もよかったかなと勝手に思うが、そんなことをしていると妻の安江《やすえ》に何をいわれるかわからない。

家に居すわっていれば、お暇なら出かけていらしたらどうですといわれるし、帰りが遅いと、いったいどこをほっつき歩いていらっしゃったのです、とっくに日は暮れていますのよと、小言をいわれる。

隠居暮らしも楽ではないと思う清兵衛である。

「あら、桜木様」

やなぎのそばまで来ると、店の前に立っていたおいとが、満面に笑みを湛えた顔を向けてきた。ほんとうに愛らしい娘である。決して器量よしではないが、人の気持ちを和ませてくれる。

「暇なのかね」

清兵衛はそういいながら床几《しょうぎ》に腰を下ろす。

「陽気のせいでしょうか、朝からあまりお客様が見えないんです」

「それはおかしいな。陽気がいいからみんな出歩くはずなのだがな」

「暇な人はそうでしょうけど、みなさん仕事をされていますから、きっと忙しいのでしょう」

「暇なのはわたしだけか」

ワハハハと、清兵衛は笑って茶と串団子を注文した。

おいとはすぐに店の奥に引っ込み、間もなく茶を運んできた。

「今日はどちらへお出かけされるのですか？」

「ぶらっと鉄砲洲の河岸道を歩いてきたところだよ。これから大川端あたりまで行ってこようかと考えている」

「歩くのは足と腰によいそうです。長生きのためにも足腰を鍛えろといいますからね」

おいとはふっくらした頰に笑みを浮かべて、いま団子をお持ちしますといって下がった。

清兵衛は長閑《のどか》な町の景色を眺める。稲荷橋をわたってくる行商人がいれば、客を乗せた猪牙舟《ちょきぶね》が京橋のほうへ上っていった。

すると、颯爽と稲荷橋をわたってくる若い男がいた。ひと目で町奉行所の者だとわかる。同心のようだ。小者を連れているので何かの探索でもしているのだろう。それとも単なる見廻りか……。

清兵衛は元北町奉行所の風烈廻り与力だった。だから町奉行所のことに詳しいが、目の前を通り過ぎた同心の顔はわからなかった。家督を譲った倅の真之介《しんのすけ》も与力になっているが、どうやら年齢はさほど変わらないようだ。

その同心を見送ったときにおいとが団子を運んできた。

「栗団子です。おっかさんが、是非にも桜木様にって」

「ほう、それはありがたい」

清兵衛が早速頰張って、たしかに栗の風味があってうまいと感想を述べると、おいとは嬉しそうにひょいと首をすくめ、

「ゆっくりしていってください」

といって、奥に下がった。

清兵衛はしばしやなぎで暇をつぶし、それから霊岸島へわたった。川口町から霊岸島町へ行ったところで、新川沿いの道に入った。

このあたりは酒問屋が多い。上方から運ばれてくる酒の集散地である。酒は樽廻船で運ばれてきて、艀《はしけ》でこの地に下ろされ、それから江戸市中の酒問屋や酒屋に引き取られる。

(せっかくだから酒でも買って帰ろうか)

そう思い立ち、酒問屋をのぞいていると、

「これは清兵衛」

と、背後から声をかけられた。

振り返ると、北町奉行所の吟味方与力・大杉勘之助《おおすぎかんのすけ》だった。清兵衛とは同年で、「おれ」「おぬし」という間柄だ。

「何をしているのだ？」

清兵衛は勘之助の楽な着流し姿を見て聞いた。非番のようだとわかる。

「暇つぶしだ。碁敵が忙しくて打てなくてな」

勘之助は碁が好きで、川口町の金物屋「下野屋《しもつけや》」の主をよく相手にしている。

「下野屋が忙しいというのはめずらしいな」

碁敵の下野屋はさほど忙しい店ではない。

「いろいろあるのだろう。どうだ、おぬしのほうは。あ、立ち話も何だ、その辺で軽くやるか」

真っ昼間だというのに、勘之助は酒を飲む仕草をして色白の長い顔をゆるませる。

清兵衛は忙しい身ではない。ではやるかと、すぐに応じた。

蕎麦屋でもよかったが、勘之助は新川に架かる二ノ橋に近い茶屋に入った。そのまま熱燗を二人でゆっくり飲みながら世間話に興じた。

「しかし、惜しいことよ……」

話が一段落してから勘之助は清兵衛を眺めた。

「何が惜しいというのだ？」

「おぬしがことよ。まだ隠居する年でもなかった。それにまだ元気ではないか」

「それはしかたない。医者の診立てが悪かったのだ」

清兵衛はふうと短く嘆息する。

町奉行所を去ることになったのは、風邪をこじらせて寝込み、熱が下がらず咳と痰が止まらなかったことによる。これはおそらく労咳《ろうがい》だろうということで、清兵衛は周囲の者たちのことを慮《おもんぱか》り、隠居届けを出して療養生活に入った。

ところが熱も下がり、咳も鎮まってきた。あらためて別の医者に診てもらうと、単なる咳気《がいき》（気管支炎）だったらしいとなった。

死の病といわれる労咳でなかったことに胸を撫で下ろしたが、ときすでに遅く、家督は倅・真之介に譲っていたし、町奉行所に戻ることもできなかった。結局、そのまま隠居生活に入っているのだった。

「人生にはいろいろあるな。おぬしがいなくなってちと淋しいわい」

「勘の字、おぬしにしてはめずらしいことを……」

清兵衛は勘之助の横顔を眺めた。

「そうではないか。昔はおぬしといろいろやったであろう。あの頃は楽しかった」

昔日に思いを馳せる顔をした勘之助は、来し方のことを話しはじめ、

「どうだ、もう一杯やろう」

といって、勝手に酒の追加を注文した。

三

ガシャーン！

思わず盆を落としたと同時に、載せていた湯呑みと急須が足許に落ちて割れた。台所にいた女中二人が、ハッとした顔をおはまに振り向けた。二人ともこわばった顔をしている。

それより、おはまの心の臓は縮みあがった。湯呑みは姑が大事に使っていた瀬戸焼だったのだ。あわい朽葉色の釉薬《ゆうやく》がかかったもので、姑は「椿手《つばきで》」という名品だといって日頃から自慢している。

これは大変なことをしてしまったと思ったが、案の定、姑・おさきの甲高い悲鳴じみた声が台所にひびいた。

「あんた、なんてことを！」

おはまはかがんで割れた湯呑みと急須を拾いながら居間に座っている姑を見た。目を吊りあげ、しわの多い顔を怒りで真っ赤にしている。

「すみません。申しわけありません」

「謝ってすむもんじゃないよ。それはわたしが一番のお気に入りの湯呑みなんだよ。どうしてくれるんだい！」

「すみません、ほんとうにすみません」

おはまは頭を下げてあやまるしかない。

「まったくあんたはどうしようもないね。どうやって弁償してくれるんだい。滅多に手に入らない器なんだよ。わたしが長年探してやっと手に入れたものなんだよ」

姑の怒りはすぐに収まりそうになかった。おはまは半泣きの顔であやまりつづけたが、

「あんた、黙っていたけど、昨日も粗相をしているね」

「は、何でしょう……」

おはまは小さくなって泣きそうな顔で姑を見た。

「何でしょうじゃないわよ。わたしがおなつに誂えてやった着物さ」

おはまは顔を凍りつかせた。姑はおなつが着物を汚し、破れを作ったのを知っていたのだ。

「隠したって無駄さ。縁側にわからないように乾してあったからね。おなつが汚

して破いたのだろうけど、あんたの躾が行き届いていないせいじゃないか。まだあの子は四つだよ。目の届くところで遊ばせておかないと、何があるかわからないじゃないか」

「申しわけありません」

おはまは急いで割れた湯呑みと急須を拾い、台所の流しに持って行ったが、

「何をしてんだろうね、この人は。そんなもんもう使いようがないじゃないか。それとも洗ってくっつけるつもりかい」

「いえ……」

蚊の鳴きそうな声でいっておはまは首を振る。

「さっさと片づけたら、裏の仕事をすることだね。薪《まき》が足りないんじゃなかったかい。あんたたち」

姑は二人の女中を見て、薪割りはおはまにやらせろと命じた。

「まったく出来の悪い嫁をもらったばかりに、わたしゃ苦労が絶えないよ」

姑は嫌みたっぷりな皮肉を込めていう。いじめとも取れる小言はそれからしばらくつづいた。

おはまはまるで針の筵《むしろ》に座っているような心境で、姑の嫌みたらしい言葉を受

けなければならなかった。

その後、おはまは命じられたように、裏の庭に行って慣れない薪割りに汗を流した。泣きたくなった。どうしてこんなことになるのかと、逃げ出したくもなった。

だけど、可愛い娘のおなつがいる。おなつを置いては逃げられない。いっしょに連れて逃げようかと思いもするが、その先どうやって暮らしていけばいいかわからない。

仲居や女中の仕事ならすぐに見つかるかもしれないが、給金は雀の涙だ。一人ならまだしも、おなつがいるので、食うや食わずの暮らしをしなければならないだろう。

（わたしはこの店の嫁なのに……まるで下女の扱いではありませんか……）

薪を割るうちに汗は止めどなく流れた。

いっそのことおなつを連れて実家に戻ったらどうなるだろうかと考えたが、すぐにかぶりを振った。

おそらくこの店に連れ戻されるだろう。そうなれば、親に頭を下げさせ、恥をかかせることになる。

（そんなことはできない）

どうしたらいいのと、苦しい胸がますます苦しくなった。

やっと薪を割り終えて、奥の間に戻って汗を拭き、着替えをした。帯を締めていると、亭主の田蔵が入ってきた。

「何だ、いたのか」

いつもの調子で素っ気ない。

「あの、わたし、おっかさんの大事な湯呑みを割ってしまったんです。どうしたらいいでしょう」

おはまは救いを求める目を田蔵に向けた。

「なんだって……。ひょっとしてあの瀬戸の湯呑みか？」

田蔵は目をまるくした。

「はい」

「馬鹿ッ。なぜそんな粗相をするんだ。あれがいかに大事なものか、おまえにはわかっていたはずだ。それなのに、どうしてそうなってしまったんだ。あきれてものもいえないだろう」

「弁償しなければなりません」

「あたりまえだ。だが、どうやって弁償する。おまえには金があるのか」

おはまはうなだれて首を振る。

大きなため息が田蔵の口から漏れる。

「割ったものは元には戻らない。弁償のしようがないだろう。このうすら馬鹿」

「うすら馬鹿……」

なぜ顔を合わせるたびに、馬鹿とか間抜けと罵られなければならないのだろうか。ぼんやりした顔をむけると、いきなり平手が飛んできて頰を張られた。

パシッという音がひびき、鼓膜が破れたかと思った。

「なぜ、たたくんです？」

痛みに耐えながらいうと、またたたかれた。

「おまえが馬鹿だからだ。おたんこなすにもほどがある。ちゃんとしろ！」

田蔵は吐き捨てると、簞笥《たんす》から財布を取り出して部屋を出て行った。

おはまはがっくりと両膝をつき、そして両手をついた。溢れる涙がぽたぽたと畳に落ちた。くくっと、嗚咽《おえつ》を漏らしながら、もう耐えられない、ここまでいじめられる嫁がいるだろうかと思った。

（わたしは不幸だわ。いっそのこと離縁してくれればいいのに。そうしてくれな

きゃ、わたしは死ぬしかない）

そこまで考えたとき、涙で濡れた顔をあげて、うす暗くなっている表を見た。

（死のう）

そう思った。

もういい。おなつは亭主にまかせて、わたしは一人で死のう。そのほうがよほど楽になれる。

おはまはそのまま裏の勝手口から表に出ると、近所で遊んでいるはずのおなつを捜したが、見つからなかった。それならしかたないと思い、あてどなく歩きつづけた。

胸のうちにあるのは、「死にたい」という思いだけである。日はいつの間にか暮れ、あたりはすっかり暗くなっていた。

提灯《ちょうちん》も持たずに暗い夜道を歩くうちに、湊稲荷まで来ていた。

神仏に頼りたい心境なので、暗い境内に入り、本殿前で、「わたしを助けてください」と、祈った。

そのまま境内を出ると、潮風が漂ってきた。その風に誘われるように鉄砲洲の河岸道へ足を伸ばすと、目の前に黒々とした川があった。八丁堀と亀島川が、大川の河口で合わさるところだ。

岸壁に佇み黒々とした水面を凝視し、草履《ぞうり》を脱いで、ふらふらっと前に出た。もう目と鼻の先には深くて暗い川がある。

「待たれよ」

四

声をかけられ、ハッと驚き、背後を振り返った。

侍が提灯を掲げている。

「何をしようとしておるのだ」

侍はそういって近づいてくると、さっと空いている手でおはまの手首をつかんだ。振り払おうとしたができなかった。少し酒の臭いがする。酔っているのだ。

「放してください」

「ならぬ。草履を履くのだ。身投げでもしようと思ったか。こっちへ……」

侍は手を引いておはまを岸壁から遠ざけた。

「何があったのかわからぬが、早まってはならぬ。わたしは桜木清兵衛と申す。

酒を飲んでいるが、さほど酔ってはおらぬ。そなたの名は？」

　おはまは提灯のあかりに浮かぶ桜木という侍の顔を眺めた。鼻梁《びりょう》が高く精悍な顔つきだが、人を包み込むような雰囲気を漂わせている。年の頃は五十ぐらいだろうか……。

「はまと申します」

　か細い声で答えた。

「家はどこだね？」

「………」

　おはまはどう答えようか迷った。

「いいたくないか。それならそれでよいだろう。とにかくこんな吹きっさらしにいたのでは体が冷える。わたしは酔いが醒めたが……」

　桜木はあたりを見まわしてから、あそこに店があると、軒行灯の点っている小料理屋を見た。

「よほどのことがあったのだろうが、少し話を聞かせてくれぬか。身投げをしようとしたそなたをこのまま放ってはおけぬ。思いちがいをされては困るが、下心があるのではない」

「手を……」

おはまは摑まれている手を見ていった。

「うむ。草履を履きなさい」

桜木は手を放してくれ、おはまが草履を履くのを静かに眺めた。

「ではまいろうか」

おはまが草履に足を通すと、桜木は肩を軽く押してうながした。おはまはうつむいたまま足を進めた。

この侍についていっていいのかという戸惑いがあった。悪い人ではなさそうだが、やはり躊躇《ためら》われる。同時に娘のおなつのことが心配になった。

店のそばまで来たとき、おはまは立ち止まった。

「あの、帰ります。帰る家はあるんです」

桜木は立ち止まっておはまを怪訝そうに見たが、

「さようか。では送ってまいろう。暗い夜道を女一人で歩かせるわけにはいかぬ。家はどこだね？」

と、聞いてきた。

「……木挽町です」

「遠くではないな。家まで送って進ぜよう」

断ろうと思ったが、できなかった。桜木が足許を提灯で照らしてくれる。

「わたしは隠居の身でな。いまは妻と二人暮らしだ。家はすぐそこの本湊町だから、木挽町はほどない場所だ。何丁目だね？」

「一丁目です」

「ならばもっと近いな。見たところそなたはまだ若いが、亭主はいるのだろうか？」

「います。娘も一人……」

「それなのに身投げをしようと思った。よほどの事情があるのだろうが、可愛い娘と大事な亭主を残して命を絶つのは考えものだ。人は生きていてこそ価値がある。死んだらそれで終わりだ。世間には苦しみから逃れるために、自らの命を絶つ者がいるが、それは愚かなことだ。どんなに苦しかろうが辛かろうが、生きているべきだ。耐えていれば、きっといいことが向こうからやってくる」

歩きながら話す桜木の顔を、おはまはそっと盗むように見た。

「この世に楽なことなどない。みんな苦しみもがきながら生きているのだ。自分だけが不幸だと思うのは身勝手なことだ」

いわれるとおりだと思うおはまは、黙ってうなずく。

それにしても、この侍は自分のことを何も知らないのに、どうしてそんな話をするのだろうかと訝《いぶか》しんだが、いわれることはもっとも至極である。

「おはまといったな」

「はい」

「今夜のことは忘れて、明日からしっかり生きてみたらどうだ。わたしはそのほうがそなたのためだと思うが……」

「……はい」

小さく返事をするおはまは、なぜこの人はわたしの心に沁みることをいうのだろうかと不思議に思った。

南八丁堀一丁目を過ぎ、大名屋敷の前を横目に見て松村町までやってきた。家はすぐそこだ。おはまは足を止めた。桜木が訝しそうに見てくる。

「いかがした?」

「家はもうすぐそこです。ご親切ありがとうございます。わたしは大丈夫ですから……」

おはまはそういって頭を下げた。

桜木は何かものいいたげであったが、

「間ちがいを犯《おか》してはならぬぞ」

と、おはまをじっと見つめて、そういっただけだった。

おはまはそのまま桜木と別れて自宅である大蔵屋の裏木戸から家に入った。裏の勝手口の前で短く逡巡し、大きく息を吸って吐いた。

夫の田蔵と姑からまた叱られると思ったが、もう覚悟するしかなかった。何より娘のおなつに会いたい。

どんなことがあろうと、おなつだけは守らなければならない。母親としての使命感が、おはまの勇気を奮い立たせた。

意を決した顔で勝手口を入ったが、姑も田蔵もいなかった。

姑のおさきは親戚の家に用事で出かけており、田蔵は店の暖簾を下げると、いつものように出かけていったという。

「おっかあ、遅かったね」

居間に行くと、おなつが心配そうな顔を向けてきた。

「ごめんね。大事な用があったのよ」

おはまは小さな嘘をついて、おなつのそばに座ると、そっと抱き寄せた。とたんに、目がうるみ、涙が溢れた。

（堪忍、堪忍ね）

心のなかでおなつにあやまった。

五

自宅に帰った清兵衛だが、当然安江の機嫌は悪かった。

「散策をされるのは勝手ですけれど、いったいいつまで歩きまわっていらっしゃるんです。それにご酒を召されていますね。わたしのことをお考えにならなかったのですか」

「すまぬ、いやすまぬ」

清兵衛は平身低頭するが、安江の腹立ちは収まることを知らない。

「あやまってすむことではありません。いったいいま何刻《なんどき》だと思っているのです。夫婦二人だけの家ですよ。か弱い妻を一人家に置き去りにして平気なのですか。そんな方だとは思いもしませんでしたわ。長年連れ添ってきたのに、こんなことの繰り返しなら、いっそのこと離縁してくださいまし」

「いや、そんなことは……」

「いいわけなど聞きたくありません。夕餉《ゆうげ》の支度を終えて、あなたの帰りを今か今かと待っているわたしのことを、わたしが淋しく夕餉を取っている姿など考えられないのですね。何だか一人で暮らしているようなものではありませんか。そうお思いになりませんか。どうせ薹《とう》の立った古女房、ちょっとぐらい羽根を伸ばしても許してくれるとお思いなのですか」

「決してさようなことは……」

「わたしのことなどどうでもよいのですね。三度の食事を作り、洗濯と掃除さえしてくれれば、それでいいとお考えなのですね。冗談ではありません。妻は夫を陰から支えるということは承知しています。さりながら夫が妻を無下にしてよいという法はないはずです。そんなことでは不公平ではありませんか」

「そうぽんぽんつぎからつぎへと……」

「あなたが労咳を疑われたとき……」

安江はいいかけた言葉を呑み込み、すぐにつづけた。

「もういいですわ。夕餉はどうなさったのです？　おすみなのですか？　おすみなのですね。申しあげますが、もう支度はできませんからね。お腹がお空きなら勝手に自分で食べてくださいまし。わたしは先に休ませていただきます」

安江はいうだけいったら、さっと立ちあがり、そのまま寝間へ歩き去った。

清兵衛はふうと、大きなため息をつくしかない。

翌朝、清兵衛が目を覚ますと、台所のほうから俎《まないた》で何かを切っている音が聞こえてきた。障子越しのあかるい光が寝間に満ちていた。うっかり寝過ごしたようだ。

半身を起こし、盆の窪を手でたたきながら台所のほうを見る。安江の姿は見えないが、昨夜はずいぶん頭に角《つの》を生やしていたなと思いだし、いいたいことはもっとあったのだろうが、途中で矛を収めてくれた。それでも、鬱憤《うつぷん》は晴れていないだろうと思いながら、そっと床を抜けて、井戸端で顔を洗って居間へ行った。

「おはよう。遅くなった。つい寝坊をしたようだ」

安江は返事もせず、味噌汁を混ぜている。

清兵衛が腰を下ろすと、黙って茶が差し出された。

家のなかは冷えており、少し寒くなっていたが、清兵衛の心にも寒風が吹いていた。早く機嫌を直してもらいたいが、こういうときはいらぬことを口走らない

ほうがよいと自分を戒《いまし》め、

「昨夜はすまなんだ。勘弁してくれ」

安江の背中に声をかけ、頭を下げた。安江が振り返った。

「わしの至らなさだ。許してくれぬか」

「いま、お食事を調《ととの》えますから」

口を利いてくれた。清兵衛は少し安堵した。

朝の光が勝手口の戸から土間に射し込んでいた。その光が味噌汁と飯釜から立ち昇る湯気を浮かびあがらせていた。

温かい飯と湯気の立つ味噌汁が目の前に出され、香の物と煮物が添えられた。煮物は昨夜の残りだろう。南瓜と蕪、椎茸、大根、牛蒡の煮染めだ。

安江はそばに座ったが、食べようとしない。あとで食べるつもりなのだろう。

気まずい空気——。

表から鵯《ひよどり》と目白《めじろ》の鳴き声が聞こえてくる。

「昨日はばったり勘の字と出くわしてな」

安江は黙っている。

「それであかるいうちから一杯引っかけたのだ。それがよくなかった。まだ怒っているだろうが許してくれ」

清兵衛はずずっと味噌汁をすする。

「その帰りに若い女を見てな。どうもあやしい動きをしているので眺めていると、大川に身投げをする素振りであった」

「身投げを……」

安江が口を利いた。

「そうなのだ。すんでのところで引き留めて、家に送って行ったのだが、木挽町の酒問屋の女だった。亭主と娘があるといったので、おそらくその店の女房であろう。何があったのか知らぬが、死にたいと思うほど苦しいことがあったのだろう」

「ちゃんと送り届けたのですか？」

「店の近くで、ここでいいといわれたが、どうにも心配なので後を尾《つ》けて店の裏木戸に消えるのを見届けただけだ」

「何という店ですの？」

「大蔵屋だった」

「その方また死のうとしたりしないでしょうね」

「さあ、それはわからぬ」

　安江は膝をすって近づいてきた。

「どこで身投げをしようとしていたのです？」

「湊稲荷の先だ。大川の岸壁で草履を脱いで、そのまま飛び込もうとしていた」

「ま……」

「死のうとしたのだから、よほどのことがあったのだろう。死んでしまったら亭主と娘が可哀想だ」

「娘さんはいくつなんでしょう」

「さあ、いくつであろうか。女房の名前はおはまといったが、まだ二十歳を過ぎたばかりのように見えたので、娘は幼いであろう」

「一度死のうと思いを決めた人は、また同じことを繰り返すという話を聞きました。そのおはまさんは大丈夫かしら。また今日も同じことをしないかしら、身投げでなく首をくるということもあるし、刃物で喉を突くなんてことになったら……」

「怖いことをいうでない」

「いいえ、他人事《ひとごと》だからといって軽くお考えにならないほうがよいと思います」

「そういわれると心配になるな」

清兵衛が飯碗を置いて茶を飲むと、

「わたし、今日様子を見てまいりましょうか」

と、安江が真顔になっていった。

六

昨夜も夫の田蔵は遅く帰ってきた。例によって酔っており、そのまま着ていったものを脱ぎ散らかしたままであった。

「あんた、もう起きたほうがよいですよ。みなさん、起きていらっしゃるんですから」

おはまは遠慮がちの声で、田蔵の肩を揺すった。店の表から小僧たちの声が聞こえてくる。台所のほうには女中たちの笑い声があった。

「うーん、もう朝か……」

田蔵はまぶしそうに目を開け、頭をたたいて大きなため息をついた。おそらく二日酔いなのだろう。障子越しのあかりを受けたその顔は青白い。

「毎晩お飲みになると体に障りますよ」

おはまは女房らしいことをいって、田蔵の着物をたたみはじめた。

「うるさいことをいうんじゃないよ」

田蔵は寝間着のまま寝間を出て行った。何かいえば、必ず嫌みな言葉を返される。以前はそうではなかったのに、このところひどくなっているし、ややもすれば手をあげられもする。

おはまは田蔵が血相を変えると、また打たれるかもしれないと身構えるようになっている。嫁に入り、おなつが生まれ、それから二年ほどはやさしかった。おなつを可愛がる姿を見ていると、子煩悩《こぼんのう》な人だと頬をゆるめもした。

姑のおさきは嫁入りしたときから、愛想が悪く、いびりつづけてくるが、それは我慢するしかなかった。我慢できたのはやさしい亭主がいるからだった。ところが、その亭主が変わった。

しわの寄った着物をたたみ、肌襦袢《はだじゅばん》を引き寄せたとき、おはまはハッとなった。白い襦袢の襟に赤い紅がついていたのだ。

（これは……）

おはまはさっと閉まっている襖を見た。

（あの人、浮気を……）

無下な扱いをする夫への愛情はうすれていたが、それでも衝撃だった。裏切られていると思った。

外に女を作っているのだ。毎晩飲み歩くのは、その女に会うためなのだろう。

このことを夫に問い糾《ただ》すべきかどうか迷った。

でも、問い詰めたとしても夫は白《しら》を切るか、誤魔化すにちがいない。

（あるいは……）

おはまは紅のついた襦袢を手にしたまま、障子の隙間からすり抜けてくる光の筋を見つめた。

問い詰めれば夫は開き直るかもしれない。離縁されたければ離縁してやるといわれるかもしれない。だが、そのときおなつは自分が引き取るというだろう。

（おなつはわたしたくない）

おはまは唇を引き結び、そして下唇を噛んだ。

昨日は自分を見失い、心を取り乱して死のうと思った。

すんでのところで桜木清兵衛という侍にとめられ、そして心を穏やかにするようなことをいわれ、どうにか気を静め、心の惑いを振り払えそうになっていたというのに、夫は他の女にうつつを抜かしているのだ。

黙って知らぬふりをしておくべきか、問い糾したほうがよいのだろうかと、おはまは考えた。

そのとき、閉まっていた襖が開いた。ハッとなってそっちを見ると、おなつだった。

「おっかあ、おまんまだよ」

「ああ、わかっているわ。すぐ行くから」

そういって再び夫の着物を片づけにかかった。台所のほうから姑の声が聞こえてきたのはすぐだ。

「おはまは何しているんだい。飯の支度があるというのに、まったく愚図《ぐず》だね。おはま！　おはま！」

金切り声に近い声で呼ばれた。

その声を聞くだけで、おはまの心の臓はきゅうっと縮む。

「は、はい！　いままいります」

声を返すと、また一言二言嫌みな言葉が聞こえてきた。独り言のようにいっているのだろうが、姑の声はよく通る。

清兵衛は安江が出かけていくと、書斎に入り、文机《ふづくえ》の前に座った。俳句の一つでも捻《ひね》ろうかと思うが、安江の怒りの矛が収まったことに安堵していた。

そのせいかどうかわからぬが、気がゆるんで五・七・五の最初の一句が思い浮かばない。

秋風、秋の日、秋の空……。

思い浮かぶ季語はどれもありふれている。

筆を執《と》ってみるが、いっこうに書けないばかりか、昨夜会ったおはまの顔がぼんやりと思いだされる。

色白ですらりとした女だった。亭主と子があると聞いたが、そのようには見えなかった。愁いを帯びた悲しそうな目をしていたが、器量よしであった。

(死ぬなどもってのほかだ)

清兵衛はおはまの顔を思いだしながら胸中でつぶやく。

しかし、死のうと思うほど切羽詰まったものがあったのだろう。その詳しいわけまで聞きはしなかったが、なんとなく気になる。

安江はそのおはまのことを心配して見に出かけたのだが、いったいどうするつもりなのだろうかと思う。

険悪になった夫婦の縒《よ》りを戻してくれたのはおはまであるが、安江は今朝こういった。

――一度死のうと思いを決めた人は、また同じことを繰り返すという話を聞きました。

そして、身投げでなく、刃物で喉を突いたり、首をくくったりはしないだろうかと。

思い返せば、その危険はある。あるかもしれない。

そんなことになるのだったら、昨夜もっとおはまの話を聞いておくべきだったと、清兵衛はいまになって心配になった。

おれも様子を見に行こうかと、軽く尻をあげかけ、いやいや今日は静かに妻の帰りを待つべきだと思い直す。

さっと障子を開けると、枯れ葉をまばらにつけた柿の木に百舌《もず》がとまっていた。

いまにも落ちそうな熟柿《じゅくし》がいくつかあるが、それをついばんでいた。

（おお、熟柿は季語であったな）

清兵衛は半紙に熟柿と書いた。だが、その先が進まない。

七

安江は昼までに大蔵屋の大方を知った。

夫が昨夜会ったおはまは、大蔵屋の嫁で亭主は田蔵という若旦那だった。大旦那は田蔵の父で旦右衛門《たんえもん》、女房はおさき。奉公人は番頭の他に六人で、二人は女中だった。

大店というほどではないが、なかなかの繁盛ぶりだ。店の東側には大名家の屋敷があり、御用達にもなっているらしい。

肝心のおはまの姿を見ることはなかったが、おなつという四歳の娘と話をすることができた。裏の木戸門から出てきたところで、声をかけたのだった。

「なあに」

おなつはきょとんとした顔を向けてきた。ほっぺが無花果《いちじく》のように赤い愛らしい子である。

「おなつちゃんというんでしょう」

「そうだよ」

まだ言葉はたどたどしいが、話はできる。

「どこへ行くの？」

「うんとね、おゆみちゃんのおうち」

「そう、おっかさんは元気？」

「元気だよ」

「おとっつぁんも」

おなつはうんとうなずき、通りの先に目を向ける。早くおゆみという友達に会いたい素振りだ。

「おなつちゃん、お団子好き？」

「うん」

おなつはまっすぐ安江を見た。

「ご馳走してあげようか。おばちゃん、おなつちゃんと少し話したいの。少しだけ付き合ってくれない」

おなつは短く考えるように視線を泳がしたが、いいよと返事をした。

安江は紀伊国橋に近い茶屋に誘って、おなつと並んで床几に腰掛けた。茶と団子を注文し、それが運ばれてくると、安江はおなつと餡団子を頬張った。おなつはおいしいと顔をほころばせる。

「おとっつぁんとおっかさんは仲がよいのかしら」

何気なく訊ねると、おなつは首をかしげた。

「あまりよくないの？」

「おっかあ、泣いていた」

「いつ？」

「昨夜《ゆうべ》」

「どうして？」

おなつはわからないと首を振る。

「おとっつぁんに泣かされたの？」

「おとうはいなかった。おとうはいつも夜はいないんだよ」

どこに行くのだと聞いても、わからないと、おなつは首を振る。

「おっかさんはいま家にいるの？」

「いる」

それを聞いて少し安心した。

「ねえ、おばちゃんはどこの人なの？」

おなつは黒く澄んだ瞳を向けてくる。あまり深く訊ねると、おなつは家に帰って自分のことを話すかもしれないと思った。この辺で切りあげたほうがよいかもしれない。

「近くに住んでいるのよ。お店にもときどき寄らせてもらっているわ」

適当なことをいったが、おなつはふーんと気のない返事をして、足をぶらぶらさせ、遠くを見る。

「おゆみちゃんを待たせると悪いわね」

そういうと、おなつはうんとうなずき、床几から下りて立った。

行ってらっしゃいと、安江が声をかけると、おなつはそのまま松村町の裏のほうへ小走りに去っていった。

安江はその姿が消えるまで見送ってから、また大蔵屋のそばへ行った。風雨にさらされた屋根看板には罅《ひび》が走っているが、大蔵屋と書かれた金文字が日の光を照り返した。紺暖簾が風に揺れるたびに、店のなかを垣間見ることができた。

帳場には番頭らしき男と、若旦那ふうの男が座っていた。近所でおはまの亭主のことを聞いていたので、あれが田蔵というおはまの夫だとわかった。

色白ですっきりした顔立ちだ。線は細いが、いずれ大蔵屋の跡を継ぐ若旦那だ。

女中や女の姿がないのは、大きな商家のしきたりで裏仕事しかしないからだ。

安江はおはまの顔を見たいと思った。できれば話をしてみたいとも。だが、その思いは叶わず、近所でおはまと田蔵の夫婦仲を、何人かに聞いた。

夫婦仲はよいという者もいれば、おはまが嫁に来た当初はよかったが、いまは亭主の田蔵は遊びほうけているという者もいた。それより、評判が悪いのは姑のおさきである。

外面《そとづら》はいいが、意地の悪い女だとか、嫁いびりがひどいとか、嫁のおはまが可哀想だという者もいた。

だが、その姑の夫である店の主・旦右衛門の評判はよい。あれは大した商売人だと、みながみな口を揃えていった。その旦右衛門が倅の田蔵におはまを娶らせたという話も聞けたし、おはまの実家のことも少しだけわかった。

問題はなぜ、おはまが死のうと思ったかであるが、それだけはわからずじまいだった。おはまがどんな女なのか、ひと目だけでも見て帰ろうと思った安江は、もう一度大蔵屋の裏にまわった。

そのとき、裏木戸から出てきた女がいた。前垂れを掛け、手拭いを姉さん被りにしている若い女だった。一升徳利を抱くように持っていた。

もしやおはまかと思ったが、近所で聞いたおはまには似つかわしくない小太りで、化粧気のない黒い顔にはそばかすが散っていた。

安江は忙しく頭をめぐらせて、おはまの母親の知り合いということにして、店から離れたところで声をかけた。

相手はやはり大蔵屋の女中で、酒を届けに行くところだという。

安江は自らを名乗って話しかけた。

女中の名はおはるといった。

「若女将さんのおっかさんのお知り合いですか」

おはるは驚いたように目をしばたたいた。

「おはまさんのおっかさんに、様子を見てきてくれと頼まれたのよ。自分では嫁に出した家に行きにくいらしいの。何となくわかるでしょう」

嘘をつくことにちくりと胸が痛むが、「嘘も方便だ」と、安江は自分を納得させる。

「ええ、それは……」

立ち話になったが、おはるは気さくな女らしく、何でも教えるという。

「この頃様子はどうなのかしら。おなつちゃんは元気に遊びまわっていると聞いたばかりなんだけれど……」

「若女将さんは元気ですけど、若旦那さんがこのところ勝手すぎるんです。大旦那さんも困った困ったとおっしゃっています」

「何が困るのかしら？」

「毎晩のように飲み歩かれるんです。それにいつも二日酔いで、仕事も手につかない様子です」

「そんなにお酒が好きなのかしら……」

「あまりお酒は強くなかったはずですけど、このところひどいです。わたしたちも心配しているんです」

「それじゃおはまさんも困るわね」

できるだけおはまのことを聞きたいが、あまりしつこく聞くと不審がられると思い、さらりと訊ねる。

「わたし、見ていて可哀想だと思うんです。あ、こんなことは……」

おはるは口が滑ったような顔をした。

「どんなこと？　わたしはおはまさんのおっかさんが心配するようなことは黙っているから、何でも教えてくれないかしら」

「大女将さんにいじめられるんです。たいしたことでもないのに意地の悪いことを、しょっちゅういわれるんです。わたしはそこまでいうことはないと思うんですけど、口を挟んだら大女将さんにきつく叱られるので黙っていますが……」

どんなことだと訊ねると、おはるはいろいろあるという。

例えば洗濯が遅いとか、掃除の手を抜いたとか、料理の味付けが濃い、あるいはうすいとか、そんなことであった。

「でも、昨日は大事な大女将さんの湯呑みを割って、ひどく叱られました。ま、あれは若女将さんの注意が足りなかったからでしょうけど」

「昨日……」

そうだと、おはるはうなずく。

「それじゃ大女将さんのいじめに泣いているのかしら……」

「堪えていらっしゃるようですけど、若旦那がひどいんです。ぶったり足蹴にしたりと。わたしたち女中は見て見ぬふりしてますけど、最近は大事な女房のはずなのに、ひどいことをいって若女将さんを罵ったりされます。どうして若旦那がそうなったのか、わかりませんけれど。あ、これはいわないでください」

「ええ、わかったわ。それで、女中さんも届け物の使いに出るの？」

安江はおはるが後生大事そうに抱えている一升徳利を見て聞いた。

「ええ、うちは奉公人が多いわけじゃないので、女中も小さな届け物だと使いに出されるんです。若女将さんもときどき使われますし」

「そうなの。大変ね。引きとめてしまってごめんなさい」

八

清兵衛はその日、一歩も外出をせず、家にこもっていたが、昼になっても安江は戻ってこない。ついに七つ（午後四時）の鐘を聞き、表がうす暗くなってきた。

「まったくどこをほっつき歩いているのだ」

思わず愚痴がこぼれた。

しかし、夫を待つ妻の気持ちが少しわかった気もする。それにしても昼餉の支度もせずに出かけた安江のことが憎く思えてきた。

（大事な夫を何と思っているのだ）

と、内心で腹を立て苛《いら》つきながらも、あまりにも帰りが遅いので、何かあったのかもしれないと、心配にもなる。

そもそも安江は、町奉行所の与力や同心みたいな聞き込みはできないはずだ。慣れないことをやったがために、思いもよらぬ災難にあっているのかもしれない。

「まさか、さようなことはなかろうが……」

また声に出して漏らし、台所に行って自分で茶を淹《い》れて飲んだ。

留守を預かる身のしんどさがわかる。連れ合いを心配する気持ちもわかる。これからは出かけるときには、何刻までには帰ると約束することにしようと、自分を戒めもする。

「ただいま、遅くなりました」

玄関に安江の声があった。茶を飲んでいた清兵衛はさっとそっちに顔を向けるなり、立ちあがって表座敷に移った。

「ずいぶん遅かったではないか」

怒るつもりはないが、責め口調であった。

「いろいろと聞いてきましたわ」

安江は夫の心配をよそにしれっとした顔でいって、おはまさんがこの家に来ると付け加えた。

「なに、この家に……どういうことだ」

「いまお話ししますから」

安江はそういうと、それにしても疲れましたと、草履を脱いで寝間に着替えに行った。

「まったく、夫の気も知らずに」

清兵衛は寝間をにらむように見て、居間に戻った。それからすぐに着替えを終えた安江がそばにやってきた。

「どうなったのだ?」

「ずいぶんおはまさんは苦労されているみたい。姑さんには毎日のようにいじめられているようですけど、それはじっと耐えているみたいです。でも、身投げして死のうと思ったのだから、姑さんのこともあるかもしれませんが、わたしは田蔵というご亭主のせいではないかと思うのです」

「亭主が……それはまたなぜ?」

安江はその日、大蔵屋の近所で聞いた話や、おはまの娘・おなつとおはるという女中から聞いたことなどを詳しく話した。

「これは女の勘ですけど、ご亭主の田蔵さんには女がいるかもしれません。二月か三月《みつき》前かはっきりしませんが、急におはまさんへの風あたりを強くしているみたいなんです。それに毎晩飲み歩いているということですし……」

安江は最後にそう締めくくって、どう思われますかと、清兵衛を見る。

「ふむ、さようだな。若旦那の田蔵に女ができたというのは考えられることだ。それにしても、この家におはまが来るというのはまことであるか？」

「お酒を届けてくれるように頼んできたのです。それもおはまさんに持ってきてもらいたいと頼みますと、番頭は畏まりましたと承知してくれました」

「すると、おはまは驚いているのではないか。昨夜、わしは会っているのだ」

「おそらく驚かれているでしょう。でも、ご本人から話を聞いたほうが手っ取り早いではありませんか。あ、話はわたしが聞くことにしますから、あなた様は黙っていてくださいますか」

「う、うむ」

「こういったことは、女同士のほうが話しやすいのです」

清兵衛は承服するしかない。

安江が茶を差し替えてくれたので、それをのんびり飲んでいると、玄関に女の声がした。安江がすぐに返事をして玄関に行き、

「あら、ご苦労様ね。お代はおいくらかしら？」

と、聞いている。すると、

「こちらは桜木清兵衛様のお宅なのですね」

と、おはまの訝る声が聞こえてきた。

「そうですよ」

「こちらに届けろといわれて、やはりそうではないかと思ったのです。じつは桜木様には昨夜親切にしていただいているのです」

「聞いているわ。ちょっとお入りになって。わたしもあなたとお話ししたいの。さあ、遠慮はいりませんから、さあ」

安江は半ば強引におはまを座敷にあげた。

「とってもきれいな人なのね。それに若いし……」

「いえ」

おはまは恐縮しているようだ。清兵衛は隣の居間で聞き耳を立てる。

安江は短い世間話をしたあとで本題に入った。

九

「あなた、本気で身投げをしようと思ったの？」

「……それは」

「聞いているわ。姑さんが意地悪なことや、ご亭主から乱暴を受け、心ない言葉を投げつけられるとか……」

一瞬の間があった。おはまは驚いているにちがいない。

「どうしてそんなことを？」

「今朝、うちの主人から話を聞いて心配になったのよ。一度死のうと思った人は、また同じことをすぐに考えるらしいから。そんなことになったらうちの主人も関わった手前、いい気持ちはしないでしょう」

「………」

「どうして身投げをしようと思ったの？」

おはまはすぐには答えない。安江は言葉をつぐ。

「きつい姑さんがいるから？　それともご亭主に不満があるから？　でもね、誰にだって不満はあるのよ。それは満ち足りた人生を送りたいという気持ちが強いからだと思うの。されど、そんな幸せな人はいない。ほとんどの人は苦しんだり、辛い思いに耐えて、ほんの少しの幸福を得ることができると思うの。望みどおりの生き方をできる人は、おそらくいないのではないかしら。あなたの勝手な思いで命を絶つのは愚かなことよ。もし、そんなことをしたら可愛いおなつちゃんが可哀想ではありませんか」

「おなつをご存じなのですか？」

「少しだけお話をしました。愛らしくて、あなたによく似た器量よしだわ。死んだら元も子もないでしょう。あなたのご両親だってどんなに嘆き悲しむかしら」

「あの……」

「……なに？」

「死にたいほど辛い毎日なのです。どうしてこうなったのかわたしにもよくわからないのです。どうして嫁いでしまったのか……」

おはまは途切れ途切れに話しはじめた。

それは亭主のことを、何ひとつ知らずに嫁いできたことからはじまった。夫婦になったのは親同士の取り決めで、それは世間にはよくあることなのでしかたなかった。初めて夫の田蔵に会ったのは祝言のときだった。

だけれど、自分が想像していたより見目のいい人で、いかにもお店《たな》の若旦那という品があったので、ホッと胸を撫で下ろした。夫婦になり大蔵屋に入っても、田蔵はやさしくしてくれたし、何かとおはまに辛辣な姑からも守ってくれた。めでたく娘を授かり、その子もすくすく育った。家事をしながら店の手伝いもやらされるが、そのことをきついと思ったことはなかった。

だけど、この二月ほど前から亭主の田蔵の態度が急変し、罵詈雑言を浴びせ、ときに打ったり蹴るようになった。そんな乱暴な人ではなかったのに、すっかり別人になった。

「そして毎晩飲み歩くようになって、昨夜は肌襦袢に赤い紅をつけて帰ってきました。あの人は気づいていないかもしれませんが、わたしは知ってしまったのです」

隣の居間にいる清兵衛は、「女か」と、心中でつぶやいた。

「すると、あなたはご亭主の乱暴に耐えかねて死のうと思った。そうなの？」

「はい。正直なことをいえばそうです。わたしの味方をしてくれる唯一の人だったのに、わたしを目の敵にするようになって、どうしたらいいかわからなくなったのです」

「ご亭主の襦袢についていた紅は初めて？」

「はい」

「それまではなかったのね？」

「紅をつけて帰ってきたのは初めてです」

「そのことをご亭主に話しましたか？」

短い間があった。おそらくおはまは首を振ったのだろう。

「いざというときまで、紅がついていたことは口にしないほうがいいわ。それで、ご亭主の態度が変わったのは二月ほど前からなのね」

「はい」

「毎晩どこへ飲みに行かれるのかご存じ？」

「訊ねても教えてもらえないので……」

おはまはか細い声で答えた。

「そう。それであなたはどうしたいの？　もし、ご亭主がもとのようにやさしい人になったら……」

「そうなったら……辛い思いをしたことは胸のうちに収めて暮らしていくと思います」

安江は短い間を置いて口を開いた。

「あなたの辛い立場はよくわかりました。でもね、世間のお嫁さんの多くが、あなたと同じような辛い目にあっていると思うの。ときには些細なことで仲違いをし、ご亭主に欺かれることもあるはず。よそにいい女《ひと》を作って、本妻に辛くあたるという話もひとつや二つではないわ。よくある話よ。でも、そこから逃げるように死んだら、きっと浮かばれないわ。だから、みんな辛抱しているのよ。あなたはいずれ立派なお店のおかみさんになるのですから、早まったことをしてはいけないわ」

「……そうですね」

「約束ですよ。しっかり生きていきましょう」

「はい」

殊勝に返事をしたおはまは、安江から酒代をもらって帰っていった。

居間で聞き耳を立てていた清兵衛は、おはまを送り出した安江が戻ってくると、

「わからぬことがある」

と、安江を見た。

「なぜ、おはまがこの家に酒を届けに来ることができたのだ？」

「大蔵屋は奉公人が足りないようです。女中も使いに出されるというのを今日知

りましたし、おはまさんも同じ使いに出ると聞いたので、わざと頼んだのです。それもおはまさんを名指しして」

「さようなことであったか。されど、なぜおはまが死のうとしたかはわかったな」

「わかりましたけど、わたしの話に納得してくれたかどうか……」

「いやいや、なかなかよい話をしたよ。だが、わしにひとつ考えがある」

「なんでございましょう」

安江は真剣な眼差しを向けてきた。

「まあ、あとはわしにまかせておけ」

十

翌日は冷たい風が吹き、空には筋状の雲が浮かんでいた。

清兵衛は自宅屋敷を出ると、いつもとちがいすたすたと歩いた。今日は散歩ではなく、ちゃんとした目的があるからだ。

向かったのは南塗師町《みなみぬしちよう》にある彦六店《ひころくだな》という長屋だった。木戸口を入ってすぐの板壁に目を注ぐ。「次郎吉《じろきち》」という文字のかすれた名札がかかっていた。

（まだ、いたか）

清兵衛はそのまま足を進め、次郎吉の家の前で立ち止まった。あちこちに接ぎの当てられた腰高障子にもかすれた名前があったが、真ん中の「郎」が新たに貼りつけられた接ぎで読めなくなっていた。

「頼もう。桜木である」

声をかけると、短い間があって、

「まさか旦那ですか」

と、慌てた声が返ってきた。

「さよう、清兵衛だ」

答えるとちょっとお待ちを、と慌てた声がした。清兵衛は長屋の奥を見た。ほとんどの亭主連中は出払っているらしく静かである。

一人のおかみが井戸端で洗い物をしているぐらいだ。外れているどぶ板を三枚数えたとき、がらりと戸が開き、次郎吉が顔をあらわした。

「こりゃあご無沙汰をしておりやす。お達者そうでございますね」

「うむ。おぬしも変わりないようでよかった。それで忙しいのか？」

「いえ、いまは暇をこいています。先日、厄介な禍事が片づいたばかりなので、旦那に暇をもらっているんです」

「それは何よりだ。ついては頼み事があるのだ。ここでは話もできまい。表の茶屋で待っているので来てくれるか」

次郎吉はしわくちゃの寝間着姿だった。

清兵衛は表通りに行って茶屋の床几に座って次郎吉を待った。

次郎吉は清兵衛が風烈廻り時代に使っていた小者だった。いまは定町廻り同心について手先仕事をしている。

鼠小僧次郎吉と同じ名前なので、「ねずみ」という渾名《あだな》があるが、逆三角形をしているねずみ顔からつけられたという者もいる。渾名などどうでもよいが、元気そうな次郎吉の顔を見て、清兵衛も少し嬉しかった。

次郎吉はすぐにやってきた。着流しを端折《はしょ》り、梵天帯に股引というなりは普段通りだ。

「片づいたというのは何であるか？」

茶を注文してやってから聞くと、次郎吉は浅草の夜鷹殺しを調べていたと話した。

「下手人とおぼしき野郎が三人も四人もいたんで難儀しましたが、ようやく捕まえることができました」

「ご苦労であるな。下手人は誰だったのだ？」

「それが上野にあります越後屋《えちごや》という小間物屋の倅だったんです。倅といっても、もう三十半ばの跡取りだったんですが、買った夜鷹に金をせびられたことに腹を立て首を絞めたんです。それでその倅の人生はおじゃんです。で、いまは何をなさってんです？」

清兵衛は自分の近況を短く話してやった。

「暇があるのも考えもんですね。で、あっしに頼み事というのは……」

「うむ、木挽町一丁目に大蔵屋という酒問屋がある。その店の若旦那のことをちょいと調べてもらいたいのだ」

「その野郎が何か悪さでも……」

「さようなことではないが、女房にあやうく身投げさせるようなことをやっておるのだ」

清兵衛はそういってから、おはまと出会ったこと、安江が調べたことをざっと話してやった。

「それじゃ田蔵という若旦那が浮気をしているってことですか」

「どうかわからぬが、探ってもらいたい。やってくれぬか」

「何をおっしゃいます。旦那に頼まれて断れるわけないじゃありませんか。わかりやした。早速にも探りを入れてみましょう」

次郎吉はぺしりと自分の膝をたたいた。

その場で次郎吉と別れた清兵衛は、いつものように散歩をして家に帰ることにした。

あとは次郎吉の報告をのんびり待つだけである。


次郎吉はその日、日が暮れるまでに田蔵のことを大方調べた。聞き込みは手慣れたものだし、危険な相手でもないので、大蔵屋の近所と得意先、それから大蔵屋の小僧からも話を聞くことができた。

田蔵という若旦那は、二十九歳。親のいいつけで新川の酒問屋で見習奉公を六年ほどやって、店に戻ってきたのが四年前だった。

そのときに、大蔵屋の主・旦右衛門が、治助《じすけ》という酒の仲買人の娘を嫁にほしいと申し入れ、話はすんなり決まった。

治助の娘がおはまである。田蔵とおはまの夫婦仲はよかった。おはまは器量よしだし、田蔵はやさ男だ。近所ではお似合いの夫婦だと評判で、娘もすぐに授かった。

だが、ここ二月か三月ほど前から夫婦仲に亀裂が入っているのが、大蔵屋の小僧からの話でわかった。田蔵は店が終わると毎晩のように飲み歩いているらしく、店でもおはまに対する態度が冷たくなっていると、言葉を濁しながら教えてくれた。

探りを入れる次郎吉は、日が暮れる前までに何度も田蔵の顔と姿を見た。客を送り出したり、迎え入れるその態度にはそつがなかった。親の跡を継いで店を守るという姿勢もそれなりに感じられた。

大蔵屋は船宿と薪炭屋《しんたんや》の間にある酒問屋だ。木挽町河岸通りに西日が射し、人の影が長くなったと思ったら、すうっと日が暮れていった。まさに釣瓶落としである。

次郎吉は石塔屋の隣にある茶屋で、大蔵屋を見張っていた。小僧が暖簾を下げ、奥に引っ込むと、大戸が下ろされた。

まだ暮れ六つ（午後六時）前だが、江戸の商家の多くは日が暮れると店をしまう。日没の遅い夏場の営業時間は長いが、日の短い冬はその逆になる。

のんびり茶を飲みながら大蔵屋を見ていると、表戸の脇にある潜り戸から田蔵が出てきた。昼間は番頭と変わらない縞木綿の着物に前垂れというなりだったが、いまは上田縞の小袖に同じ縞柄の羽織という洒落たなりだ。

茶屋の床几に座っていた次郎吉は、田蔵が目の前を通り過ぎると、ゆっくり立ちあがって後を尾けはじめた。

十一

田蔵は南伝馬町《みなみでんまちょう》三丁目にある「信濃屋《しなのや》」という小体《こてい》な料理屋に入った。それから半刻たつが、出てくる様子はない。

信濃屋は表通りから少し入ったところにあり、京橋にも近い。目の前は京橋川に沿った竹河岸だ。

日が暮れて夜風が一段と冷たくなり、商家の暗い軒下で見張りをしている次郎吉は肩をすぼめ、足踏みをしながら寒さを堪えていた。

それから小半刻ばかりたったが、やはり田蔵は出てこない。客の出入りは少ないが、田蔵が店に入ってから三人が入れ替わっていた。いずれも身なりのよい中年の男や、品のある侍だった。

次郎吉は思い切って店に入ることにした。暖簾を撥ねあげ、障子戸を開けると、奥の席で田蔵と談笑していた女が、「あら、いらっしゃいませ」と声をかけてきた。

女将のようだ。色っぽい目をしている。年は三十ぐらいだろうか、男好きのする顔だ。お一人ですかと聞くので、そうだと答えた。

次郎吉は田蔵のそばの席を見て、そこでいいかいと聞いた。

「どうぞ、おあがりになって」

次郎吉はそのまま小座敷にあがり、田蔵に背を向ける恰好で座った。自分には相応《ふさわ》しい店ではないと思う。

畳は藺草《いぐさ》の香りがするし、床の間に飾ってある山水画ものたくった字を書いてある掛け軸も、壺に活けられた寒椿も、奥ゆかしい趣がある。

酒を注文すると、すぐに女がやってきて、

「この店の女将でお市《いち》と申します。お初でございますわね。どうぞご贔屓のほどを……」

そういってお市は白魚のような指をした手で酌をしてくれた。艶然とした笑みを口許に湛え、ちらりと見てくる。ドキッとするほど色香のある女だ。

何か肴をお作りしましょうかと聞かれたので、漬物があればそれでいい、考え事があるので一人にさせてくれと釘を刺した。

お市はすぐに小鉢に盛られた漬物を運んできた。蕗の古漬けと蕪の浅漬けだった。

梅干し一個あれば、半升飲める次郎吉には過分な肴だ。だが、静かにちびちびと嘗めるように酒を飲む。

客は他にもいたが、お市は手が空けばすぐに田蔵のそばへ行き酌をしたり、愚にもつかぬことを話したり、楽しそうな笑いを漏らしたりした。

板場ではたらいているのは、老けた男だったが、料理の腕はよさそうだ。夫婦なのだろうかと思ったが、やり取りでお市が雇っている料理人だとわかった。

次郎吉の背後に座っている田蔵は、ひそめた声でお市と話をしていたが、そのうち呂律《ろれつ》があやしくなった。お市は軽くあしらっているようだが、

「まだ、酔うには早うございますわよ、しっかりして若旦那」

などと艶めいた声で窘める。

客が二人帰っていった。店には次郎吉と田蔵だけになった。

次郎吉は間が持てなくなり、酒一合を追加した。そのとき、田蔵がお市の手をにぎっているのを目撃した。

「お一人で淋しくありませんこと」

お市が酒を運んできて酌をしてくれた。

「そんなことねえさ。今夜は一人静かに飲みてェんだ」

「そんなこときもありますものね。ごゆっくりしていってくださいまし」

お市はそのまま田蔵のそばに行った。

田蔵がお市を口説きにかかったのはそれからだった。声はひそめているが、静かな店だし客は二人しかいない。いやがおうでも会話は耳に入ってくる。

ちらりと盗み見ると、田蔵の横顔が見えた。でれでれとした締まりのない顔でお市の指を玩《もてあそ》んでいる。

（なるほど、そういうことかい）

次郎吉は二人の仲を知って盃をほした。二人の邪魔をしては悪いし、いつまでも居すわれば不審がられる。先に勘定をして店を出た。

すでに夜はとっぷり暮れており、空には銀盆のような丸い月が浮かんでいた。

次郎吉は竹河岸にある柳の下に身をひそめた。暗がりであるし人通りも少なくなっている。数人の男が目の前を通り過ぎたが、次郎吉には気づかなかった。

小半刻ほどして、田蔵が店から出てきた。お市が見送るように戸口に立ったが、田蔵がその手をさっとつかみ、脇の路地に連れ込んだ。

路地は闇に覆われているが、二人が抱き合って互いの顔を寄せ合うのがわかった。田蔵は後ろ髪を引かれるようにしてその場を離れたが、何度もお市を振り返り、

「今度の休みの日……ずっといっしょにいておくれ……。約束だよ……」

という声が切れ切れではあったが、次郎吉の耳に届いた。


次郎吉が清兵衛の家を訪ねたのは、翌朝のことだった。

書斎にしている奥座敷にいた清兵衛は、玄関から安江に声をかけられ、急いで表座敷に移った。

「もう調べはすんだか？」

清兵衛は座敷に次郎吉をあげるなり聞いた。

「へえ、そっくりわかりました」

「申せ」

次郎吉は昨日自分が大蔵屋の近所で調べたことと、信濃屋での田蔵と女将のお市とのやり取りや目撃したことをつまびらかにした。

「あの若旦那はお市にうつつを抜かしていますが、お市って女はしたたかで曲者ですよ」

「曲者……」

清兵衛は次郎吉のねずみ顔を眺める。

「へえ、ついでにお市のことも探ってみたんですが、信濃屋っていまの店を出すにあたって、いくつかの店の主や番頭をたらし込んでいるのがわかりました。お市に腹を立てている番頭もいますが、騙されたほうが悪いし、てめえの女房の手前大袈裟にはしたくないらしく恨みを呑んでいるようです。まあ、いい思いもしているんでしょうから、文句はいえねえと思うんですが……」

「さようであったか、なるほどな」

清兵衛は腕を組んで表を眺めた。

「それで旦那、いかがなさるんで……」

「ま、わしに考えがある。次郎吉、手間を取らせたな」

清兵衛はそういってあらかじめ用意していた心付けをわたした。

「旦那の頼みとあれば、あっしはいつでも助《すけ》をいたしやす」

「隠居の身の上、そんなことは滅多にはなかろうが、もしものときには声をかけるやもしれぬ」

「へえ、いつでもご遠慮なく」

十二

「月晦日《つきみそか》に、おとっつぁんに頼んで休みをもらうことにした」

田蔵は昨夜も酔って帰って来るなり、そのまま夜具にもぐり込み、今朝も起きてから口も利かず、目も合わせようとしなかったのに、帳場に行ったかと思うと、寝間の片付けをしていたおはまのそばに来てそういった。

「そうですか」

「一泊で羽を伸ばしてくることにした」

何だか田蔵は楽しそうな顔をした。

「どちらへ行かれるんです？」

「まだ決めてはいない。留守を頼むからな」

「はい」

おはまは返事をしたが、田蔵はそのまま帳場に戻っていった。見送ったおはまは、ふうとため息をついた。

(やはり、わたしは嫌われているのだわ。何がいけないというのかしら……)

日の光の入り込む寝間はあかるいが、おはまの心には暗澹《あんたん》たる雲が漂っていた。

いつものように家事を終えると、店の手伝いをするために、女中たちといっしょになってはたらいた。

姑の目があると、粗相をしてはいけないと身も心もこわばる。夫がやさしく接してくれれば、気も休まるが、いまのおはまには余裕がなかった。

手代が台所にやってきて、この酒を届けてくれと、女中のおはるにいいつけた。

「あ、それならわたしが届けてまいります」

おはまはとっさに手代を見ていった。

息苦しい店にいるより外に出たほうが気が楽なのだ。おはるは無理はしなくていいといったが、

「ううん、ついでにおなつの買い物があるの。わたしが行ってきます。手代さん、

「どこへお届けするの？」

手代は森田座の隣にある小さな芝居茶屋だといった。何度か行っている店なのでおはまにはすぐわかった。

木挽町の河岸通りを歩くと心にあるわだかまりが少しだけやわらぐ、このままどこかへ行ってしまいたいという衝動にも駆られるが、おなつの顔を思いだすと、安易なことはできないと理性がはたらく。

河岸通りにはいつも見慣れた商家が並んでいる。紺暖簾に白暖簾、紫や萌黄色の暖簾もある。大八が通り、河岸場と米問屋を行き来する奉公人の姿がある。三十間堀には荷を積んだひらた舟や猪牙が行き交っている。

芝居小屋のそばには船宿や芝居茶屋がある。饅頭屋の蒸籠《せいろ》から湯気が昇っていれば、煎餅屋から香ばしい匂いが漂ってくる。

酒を届けると、浮かない顔で引き返したが、店が近づくにつれ足が重くなる。我知らずため息も漏れる。

「おはまさん」

突然声をかけられ、おはまはビクッと立ち止まった。

「どこかへお使いかしら」

声をかけてきたのは桜木清兵衛の妻・安江だった。

「奥様」

安江は人の心をあかるくするような笑みを浮かべていた。

「その後どうかしら。仲はよくなって……」

夫・田蔵とのことを聞かれているのだが、おはまは暗い顔で、

「変わりません」

と、小さな声で答えた。安江は近づいてくると、

「もう少しお待ちなさいな。きっとご亭主は、あなたがいかに大切な人かということがわかるはずです。きっとそんな日が来ますから、いましばらくの辛抱が大事です」

と、励ますようにおはまの背中をやさしくたたいた。

「そうなるとよいのですが……」

「あなたは立派なお店のおかみさんになる人。少しはしたたかになりなさいな。可愛いおなつちゃんもいるのよ。くじけたり拗ねたりせず、自分に負けないで」

「はい」

安江は微笑んで、

「では、またね」

といって、歩き去った。

その凜とした後ろ姿を見送りながら、おはまはなぜ、お武家の奥様がわたしを励ましてくれるのだろうかと、そのことが不思議だった。


その夜、清兵衛は日が暮れてから自宅屋敷を出た。綿入れの着流しを伊達に着て、愛刀二王清長三尺八寸を腰に差していた。脇差はなしだ。

まだ血気盛んだった見習い与力の頃、清兵衛は浅草でかなり羽目を外していた。町奉行所の役人なので、「花村銀蔵《はなむらぎんぞう》」と名乗り、他人に迷惑をかける与太者相手に大暴れをしていた。そのときの気概はいまも忘れてはいない。

昼間、安江がおはまに会ったことを話した。いまだ亭主の田蔵とはしっくりいっていないようだといった。

「ならば、わしが話をつける」

清兵衛はそういって家を出たのだった。

次郎吉から教えてもらった信濃屋はすぐにわかった。すでに日はとっぷりと暮れ、商家のほとんどは大戸を閉めていた。夕暮れの町には夜商いをする料理屋や居酒屋のあかりが路地を染めていた。

清兵衛は信濃屋まで来ると、まだ客がいないのをそっとたしかめ、近くの柳の陰に身をひそめた。田蔵の人相風体は安江と次郎吉から聞いている。あらわれればすぐにわかるはずだ。

大蔵屋はすでに暖簾を下げているはずだ。田蔵は毎晩出かけるという。それも信濃屋一辺倒と考えていい。おそらく今夜も足を運んでくるだろう。今夜姿を見せなければ、また明日の晩に来ればよいと、清兵衛は肚《はら》をくっていた。

信濃屋の真っ白い腰高障子は、店のあかりに染まっていて、ときどき女の影が映り込んだ。おそらくお市という女主であろう。

軒行灯には「信濃屋」という流麗な文字が躍っていた。

清兵衛が柳の下に身をひそめて小半刻ほどしたとき、田蔵があらわれた。足取りも軽く京橋をわたりきると、まっすぐ信濃屋に向かっていく。

「おい、若造」

清兵衛は若い頃の花村銀蔵になりきり、伝法なものいいをして田蔵の前に立った。

「わたしのことでしょうか……」

田蔵はぽかんとした顔を向けてきた。

「そうだ、てめえに話がある。こっちへ来やがれ」

顎をしゃくって逃げられないように袖をつかんだ。

「何の話でしょうか？　人ちがいではありませんか」

田蔵は狼狽《うろた》えている。つかまれた袖を振り払おうとするができない。

「黙れッ。てめえ、いい気になっているんじゃねえぜ」

「は、なんのことで……」

うす暗い路地の入り口だったが、田蔵の顔が青くなったのがわかった。

「人の女を口説くとはふてえ野郎だ。お市はおれが囲っている女だ。いいわけはさせねえぜ。何ならてめえの店にこれから乗り込んで、洗いざらいぶちまけてやろう」

「ま、まさか、そ、そんなことは……」

「ちょっかいを出す相手を間ちがったな。おれはどうにも腹の虫が治まらねえ。ここでたたっ斬ってやろうか」

清兵衛はさっと刀を抜いた。

「ひ、ひッ、そ、そんな、まさか、あの、あのわたしは何も知らないんで……」

「いいわけ無用だ」

　さっと刀を一振りすると、田蔵は腰が砕けたように尻餅をついた。すっかり震えあがっている。

「二度とおれの女に手を出すんじゃねえ。店にも近づくんじゃねえ。もし、店でおめえの姿を見つけたら。こうだ」

　清兵衛は抜き身の刀を、いまにも小便を漏らしそうになっている田蔵の首筋にぴたりとあてがった。

「ひゃあ、あっ、あっ……お、お助けを、お助けを……」

　田蔵は恐怖のあまり見開いた目を閉じたが、すぐに開けた。

「二度と店には近づかねえと約束するなら、今度にかぎって目をつぶってやるが、どうする？」

「や、約束いたします。に、二度と店には、い、行きません」

「金輪際《こんりんざい》だ」

「は、はい。どうか、か、刀を離してください。き、斬らないでください」

　清兵衛は田蔵に顔を近づけ、もうひとにらみして、さっと刀を引くとくるくると宙でまわし、さっと鞘に戻した。

清兵衛の脅しに生き肝を抜かれた田蔵は、顔を凍りつかせていた。

「去《い》ね。去ぬるんだ」

清兵衛が軽く尻のあたりを蹴ってやると、田蔵は這うようにして立ちあがり、ほうほうの体で逃げていった。

十三

冬の到来を告げる寒い日があるかと思えば、小春日和の日もあった。清兵衛は縁側で日向ぼっこをするのが好きだが、さすがに控えるようになった。散歩に出かけなければ書斎で手焙《てあぶ》りにあたりながら、いっこうに進まぬ読本を眺めるか、形にならない句を捻ったり、あるいは取るに足りぬ日記をしたためたりした。

その日は昼食《ちゅうじき》を食べたあとで昼寝でもしようかと思っていたが、安江に里芋と大根を買ってきてくれないかと頼まれ、買い物籠をわたされた。

「今夜は鯖を焼いて衣《きぬ》かつぎを作ろうと思いますの」

どちらも清兵衛の好物なので、頬がゆるむ。

「それは楽しみだ」

そのまま籠をさげて玄関を出ようとすると、

「おはまさん、どうなったかしら。あなた様が灸を据えたといった日から、五日はたちますけど……」

と、安江が声をかけてきた。心配そうな顔をしている。

「そうだな。買い物のついでに、ちょいと様子でも見てくるか」

「そうしてくださいな」

清兵衛はそのまま表に出た、とたんに寒風に身を包まれ肩をすぼめた。だが、空はよく晴れている。ゆっくりした足取りで南八丁堀の町家を眺めながら歩く。正月の注連《しめ》飾りを作っている店があった。まだ早いのではないかと思ったが、いまから作らないと正月に間に合わないのだろう。

米俵を満載した大八とすれ違い、煎餅屋の娘に声をかけられた。清兵衛は口の端に笑みを浮かべてやり過ごす。

紫暖簾をちょいと撥ねあげて、小間物屋から出てきた女がいた。身なりから察するに、武家の妻のようだが、目を奪われるほどの美人だった。

（小股の切れ上がった女だ）

他人の妻だと察していてもつい見惚れそうになる。小さな風呂敷包みを抱え持って、角を曲がって姿が見えなくなった。

清兵衛は青物屋の前で立ち止まったが、買い物はあとでもよいだろうと思い直し、大蔵屋に足を向けた。

と、木挽町一丁目に入ってすぐ、おはまが河岸場で遊んでいた娘のおなつに声をかけ、手を引いて店のほうに戻っていった。

少し離れていたので、清兵衛は声をかけそびれたが、そのままあとを尾けるようにに歩いた。おはまは手をつないでいるおなつに何やら話しかけ、短く笑った。おなつも無邪気な笑顔をおはまに向けた。二人はどこか楽しげだった。

裏木戸に近づいたとき、戸がさっと開いて男があらわれた。田蔵だった。

これはまずいと思った清兵衛は、そばの路地に飛び込んで、そっと様子を窺った。

「見つかったか？」

田蔵がおはまに聞く。

「ええ、表の河岸で遊んでいました」

「おなつ、これからおっかあの爺と婆のところへ行くんだ。着替えをしてきなさい」

田蔵にいわれたおなつは、こくんと頷く。

「わたしが手伝いますから、あなたも支度をすませてください」

「そうだな。それじゃすぐに着替えるから、おまえもそうしなさい」

夫婦の会話はどこにでもあるものだった。しかし、険もなければ刺《とげ》もない。夫婦仲は戻っているようだ。

三人が裏木戸のなかに消えると、清兵衛は買い物をして自宅に戻った。

「それじゃ元の鞘に納まっているのですね」

清兵衛が見てきたことを話すと、安江が安堵の表情をした。

「話しぶりからおはまの実家にでも行くようだ。見ていて微笑ましかった」

「それはようございました。それにしてもわたしたち……」

「わたしたちが何だね？」

「お節介な夫婦だと思ったんです」

安江がくすっと笑えば、清兵衛もそうだなと苦笑した。

「さ、それじゃ衣かつぎでも作りましょう」

安江はそのまま台所へ去った。

清兵衛は座敷にあがると、障子を開けて縁側に立った。うろこ雲を浮かべる空を眺め、

「お節介な夫婦か……ま、さようであるな」

と、自嘲の笑みを浮かべるのであった。

第二章　恋

一

おようとの出会いは二年前の初夏だった。

桜木真之介が見習から本勤並《ほんつとめなみ》になった年である。

与力は、無足見習からはじまり、順次、見習・本勤並・本勤・支配並・支配という格がある。父・清兵衛が隠居したのは、支配のときであった。

話を戻す――。

おようは呉服町にある茶屋の看板娘で、真之介が初めて会ったときは十五歳だった。真之介二十一のときである。

おようは朗《ほが》らかで周囲をあかるくする愛らしい女で、その接客ぶりを真之介は気に入り、日を置かずおようの茶屋に足を運んでいた。

しかし、おようと出会って半年ほどで姿を見なくなった。真之介はおそらく実家に戻ったか、他の店へ奉公に行ったのだろうと勝手に推量していた。

ところが更に一年と半年ほどたった夏の終わりに、おようが茶屋に戻っていた。店の前を通り過ぎようとしていた真之介におようのほうから声をかけてきたのだ。

「桜木様、桜木様」

艶のある声に振り返ると、おようであった。

「これは……」

声を呑んだのは、おようが立派な娘になっていたからだった。あどけなさを残した幼顔が、目鼻立ちのはっきりした大人の顔になっていた。幾分背も伸びたようで、地味な紺絣を着ていたが、すらりとしたその姿は粋でさえあった。

「ご無沙汰でございました。お達者そうで何よりです。いま、お帰りですか？」

「ああ。それにしても変わったな」

真之介はおように吸い寄せられるように近づき、床几に腰を下ろすと、供の小者を先に帰して茶を飲んだ。

おようは仕事の合間を縫って、真之介のそばにやってきては、短い世間話をした。真之介も話を合わせて相槌を打ったり、短い言葉を返した。

「かれこれ一年半ぶりだが、どこへ行っていたのだ？」

「それは、ないしょです」

およう は悪戯《いたずら》っぽい笑みを浮かべて受け流した。嫌みがないので、

「まあ、人にはさようなこともあろう」

と、大人の対応をしたが、およう の眼差しはまぶしいほどだった。

「お茶のお替わりいかがでしょうか？」

「もらおう」

およう は真之介が飲み終わった茶を下げると、すぐに新しい茶を運んできた。その所作と手つきに品が感じられ、指は白魚のようにしなやかだった。胸のふくらみもきれいな襟足も、そして裾にのぞく締まった足首も真之介を魅了した。

真之介は当番方の与力ではあるが、まだ本勤並なので、割に合わない宿直番《とのいばん》が多い。そんなときにはおように会うことはできないが、宿直明けや通常勤務が終わったときには必ずといっていいほど、おように会うために茶屋に足を運んだ。

これといって大切な話をするわけではないが、おようと言葉を交わすだけで真之介はうきうきした心持ちになるのだった。

そんな日が重なるにつれ、およように対する気持ちが変化していった。勤めに出て与力番所で仕事をしているときも、奉行所玄関で来客や訴訟人の対応をするときも、およようのことが頭から離れなくなった。

夏が終わり、秋が来る頃には、真之介の心はおよようのことで占められていた。大人びた色気を漂わせた笑み、澄んだ瞳、丸みを帯びた尻、胸元にのぞく白い肌。襟足にすっと垂れた髪を見ると、直してやりたくなった。

ついにはおよようが夢にあらわれ、寝ても覚めてもおよようのことを忘れられなくなった。

真之介は非番の日や宿直明けには、本所亀沢町にある団野《だんの》源之進《げんのしん》道場に通っている。いつもいっしょに行くのは、同じ北町奉行所の吟味方与力助役の生駒《いこま》剛太郎《ごうたろう》である。

年も同じだし、子供の頃から八丁堀で遊んできた竹馬の友だ。剛太郎に苦しい胸のうちを打ち明けようと思うが、すんでのところで言葉を呑んでいた。

その日も道場からの帰りだった。

「おぬし、何だかおかしいぞ。いつもならおぬしに負けることが多いのに、今日は一度も負けなかった。それともおれが強くなったのか」

道場で試合形式の地稽古をやるのは常である。剛太郎がいうように、真之介は一方的に負けていた。

「おれが弱くなったといいたいのか」

真之介は言葉を返した。

「そうではないが、やはりいつものおぬしらしくない。稽古中も気合いが入っていなかったようだしな。もしや、具合でも悪いのではないか」

剛太郎が心配そうな顔を向けてくる。

「どこも悪くはないさ。ただ……」

「なんだ？」

真之介は黙って歩いた。親友であるから打ち明けようかと躊躇う。

「どうした……」

黙っていると、剛太郎が不思議そうな顔を向けてきた。

「なんでもない。少し考えていることがあるだけだ」

「何を考えていると申す？　何か悩みでもあるのではないか」

「さようなことではない」

「おかしなやつだ」

剛太郎はそういって、鼻を鳴らして短く笑った。

二人は東両国の雑踏を抜け両国橋をわたった。

橋の上から見る川には夕日の帯が走り、きらきらと輝いている。猪牙舟や屋根舟が行き交っており、上流からは筏舟が下ってきていた。

「軽く引っかけてまいろうか」

剛太郎が酒を飲む仕草をした。

真之介も酒は好きだが、今日はその気になれなかった。

「すまぬが、外せぬ用があるのだ。今日は許せ」

剛太郎は何だつまらぬなと残念そうな顔をしたが、真之介はこれからおようの店に行こうと決めていた。

二

翌《あく》る日はよい天気であった。

非番なので惰眠をむさぼったあとは、どこかへ出かけるか、道場に通うかがいつものことだが、どうにも気が進まなかった。

およねという飯炊き女中の作った朝餉を平らげると、自分の部屋に引き取り、縁側に腰を下ろしてぼんやりと秋の空を眺めた。

身動きもしない雲が浮かんでいる。その雲がおようの顔に見えてくる。真之介は振り払おうとするが、昨日のことを思いだす。

おようは話しかければ、あかるい笑みを浮かべて相手をしてくれる。だが、店は繁盛をきわめていたので、すぐ奥の板場に戻ったり、忙しく他の客の相手をしたりしていた。

真之介は自分と同じ年頃の客を見ると、

（あやつもおよう目当てに来ているのではないか）

と、勘繰ってしまう。

身勝手な嫉妬だとわかっていても、明日のことを聞き出さなければならなかった。もし、暇があるなら誘い出そうという魂胆があったのだ。芝居見物でも見世物小屋でもなんでもよい。上野あたりで紅葉狩りも悪くないなどと考えていた。

おようが暇そうになったのを見計らい、茶のお替わりを注文した。

「おようは何が好みなのだろう？」

「好み……」

おようは涼しげな目をちょっと見開いて見つめてきた。

「その芝居が好きだとか、縁日が好きだとか、いろいろあるであろう」

「芝居も行きたいし、縁日にも行きたいですわ。金魚掬いなんて、もうずいぶんやっていませんから」

およう は話しかければ、打てば響くように答えてくれる。

「金魚掬いか。わたしもあれは好きなのだ」

「桜木様も金魚掬いをなさるの。お上手なんですか?」

「うまくはないが、嫌いではない。そうだ、明日は……」

暇であろうかと聞こうとしたら、近くの客がおように饅頭を所望したので、

「お待ちください」

といって、およう は奥に下がった。まったく間の悪いときに声などかけやがってと、饅頭を注文した客をにらんだ。

結局、およう の都合は聞けずじまいで、勘定をするときにも、

「いつが休みなのだ? あ、いや、いつも忙しくはたらいているから、いつ体を休めるのだろうかと気になっていたのだ」

と、何気なく聞いた。

「それは姉さんが決めているんです。それにわたし、休みたいほどはたらいてはいませんから」

おようはそういって、ひょいと首をすくめた。その仕草は愛らしくもあり、魅力的でもあった。

「ではいつが休みなのだ」

「さあ、今度はいつでしょうか。桜木様はお休みの日には何をなさるのですか?」

真之介がその問いに答えようとしたら、また他の客がおようを呼んだので、会話は中断した。しかたないので勘定を床几に置いて帰ってきた。

「いらっしゃいませ」

玄関のほうでおよねの声がしたので、真之介は我に返った。

だが、すぐにおようのことを考える。今日、おように会ったら、遊びに行こうと誘ってみよう。

色よい返事をもらえるなら、何でも合わせるつもりだ。もっといろんなことを話したいし、知りたいことがある。

それには二人きりにならなければならない。

(よし、今日こそは……)

気持ちを固めたとき、

「真之介、真之介」

背後から声をかけられた。振り返ると廊下に母の安江が立っていた。

「なんだは失礼でしょう。たまに顔を合わせたと思ったら、愛想のないことを。ま、それはともかくおはぎを作ったので持ってきたのですよ。あなたの大の好物でしょう」

安江は近くにやってきて腰を下ろした。

「それはかたじけのうございます」

「お役目は大変でしょうけど、忙しいの？」

「相も変わらずです」

「今日は非番のはずだからと思っておはぎを作ったのよ」

「そうでしたか」

「顔色はよさそうね。この頃は何をして過ごしているの？　お役目だけではないでしょう」

「とくにこれといって……」

真之介は開け放している障子の向こうに視線を向ける。赤や黄色に色づいた庭木が日射しを照り返している。

「暇なときには遊びに来ればいいのに。父上も真之介はどうしているだろうか、粗相はしていないだろうかと心配しているのよ。たまには顔を見せにいらっしゃいな」

「そうですね」

「……今日はどうなの？　これからいっしょにわたしの家に来ませんか？　父上はさぞや喜ぶと思いますけど……」

「用があるのです」

真之介は安江に顔を戻していった。

「それは残念ね。たまには暇を持て余している父上の相手をしてもらおうと思っていたんですけどね。あの方、暇をつぶすのに往生されているのよ。だから、天気さえよければ毎日あちらこちらを歩きまわっていらっしゃるの。どこで何をされているのかわからないけれど……真之介、聞いているの？」

「聞いていますよ。そろそろ支度をしなければなりません」

「……忙しいのね」

「休みの日でもやることがあるんです」

「そう。それじゃおはぎ食べてくださいな」

「はい」

「真之介、何だかおかしいわね。何か悩みでも抱えているような、浮かない顔をしているわ」

「気のせいでしょう」

真之介はそのまま立ちあがった。

三

「何だか、あの子変なのです」

夕刻、清兵衛が散歩から家に戻るなり、安江が真之介に会ってきたことを話し、そういった。

「変とは？」

「うまくいえませんけれど、様子がおかしいのです。話しかけてもどこか上の空で聞いているようだし、わたしの話にしっかり耳を傾けてくれないのです。せっかくおはぎを作って持って行ったというのに、あまりありがたそうな顔もしませんし……」

「御番所で何かあったのかもしれぬな。大きな粗相でもしていなければよいが……」

町奉行所のことを「お役所」といったり「御番所」と呼んだりする。

「そういうことなら話してくれるはずです」

「そうだな」

「なんだか気の抜けたような顔をしているんですよ」

「ふむ。どういうことであろうか」

清兵衛は真之介の顔を瞼《まぶた》の裏に浮かべる。

あかるくて闊達《かったつ》な性格が真之介の取り得である。暗い顔は似合わぬ男だ。

「まさか、気鬱ではなかろうな。もし、そうなら大変なことだが……」

「気鬱には見えませんでしたけれど……」

「何か悩みでも抱えているのではなかろうか」

「わたしもそう思ったのです。気になりますわ」

「もし、そうならどんな悩みであろうか？」

「そんなこと、わたしにはわかりませんわ。あの子のことですから」

「そうであろうが、あれももう大人だ。無駄な心配かもしれぬ」

清兵衛はそういったものの、真之介が悩みを抱えているのなら、何が原因だろうかと考えた。しかし、たしかにこればかりは当人でないとわからない。

「一度様子を見に行ってみるか」

「そうしてくださいまし」

翌日、清兵衛は真之介が住まう八丁堀の組屋敷に足を運んだ。もとは自分が住んでいた拝領屋敷である。冠木門《かぶきもん》を入ると、庭仕事をしていた忠吉《ちゅうきち》という小者がいた。

「これは大旦那様……」

忠吉がそういって嬉しそうに笑んだ。

「久しぶりであるが達者そうだな」

「いえ、大旦那様こそ。おめずらしいですね。昨日は奥様が見えたばかりなんです」

「知っておる」

清兵衛はそのまま庭に面している縁側に行って腰を下ろした。

「真之介は御番所だな」

清兵衛はわかっていながら聞いた。当番方与力は二日勤務をして一日休みとなっている。聞いたのは、もしや寝込んでいやしまいかと思っていたからである。

「さようです」

「ま、これへ来て座りなさい」

清兵衛は忠吉を隣にいざなった。

庭木の剪定をしていた忠吉は、肩と尻を手で払って、隣に腰掛けた。もとは清兵衛が使っていた小者で、隠居の折に真之介にあずけた男だ。

「他でもない真之介のことだが、何か変わったことはないか？」

清兵衛は日に焼けしわ深くなった忠吉を見た。もう四十になっているはずだ。

「変わったことでございますか……。大旦那様ですから正直に申しあげますが、この頃覇気がないように思います」

「体の具合でも悪いのか？」

「お体ではないと思います。その、ひょっとすると心を煩《わずら》っていらっしゃるのかもしれません。いえ、これはわたしの勘ですから、滅多なことはいえませんが……」

忠吉は言葉を濁した。

「かまわぬから申せ。あやつには何もいわぬから心配はいらぬ」

「その、呉服町に茶屋がございまして、毎日のように立ち寄られるのです。わたしが御番所に迎えに行っても、呉服橋をわたったところで先に帰されます。ことにこの頃はそうです」

「その茶屋に何か用があるのだろうか？」

「茶屋には見目のよい娘がいます。ひょっとすると旦那様は、その娘を気に入ってらっしゃるのではないかと……わたしの勝手な推量ですが……」

忠吉は申しわけなさそうに頭を下げる。

「茶屋の娘を……」

清兵衛は忠吉が剪定をしていた松の木を眺めて考える。

「そんな気がするのです」

「その娘の年頃は？」

「おそらく十七、八ではないかと……」

「さようか。それで他に変わったようなことはないか？」

「以前は休みの日になると、熱心に道場通いをされていましたが、ここしばらくは休まれています。それに休みの日の外出が多くなりました」

「どこへ行っているのだ？」

「訊ねましても、はっきり教えていただけません。ですが、秋蔵《あきぞう》どんが呉服町の茶屋ではないかといっています。たまたま見かけたそうなので……」

秋蔵というのも同じ奉公人で、清兵衛が使っていた小者だった。

「すると、茶屋の娘に入れ込んでいるのだろうか？」

「そこまではわかりませんが、気に入っておられると思います」

ふむふむとうなずく清兵衛は、真之介は恋煩いにかかっているのではないかと考えた。真之介は二十三歳になっている。そろそろ嫁取りを考える年頃だ。しかし相手が茶屋の娘では少々問題である。

清兵衛はその娘の顔を拝んでおこうと思った。

「その茶屋だが、なんという店だ？」

「若葉《わかば》です。湊屋《みなとや》という煙草問屋の隣の店です」

清兵衛は呉服町の通りを思いだした。北町奉行所詰めの者たちの通勤路だ。あの店かと、ぼんやりとだが頭に浮かんだ。

「忠吉、今日わしが来たことは、真之介にはないしょにしておいてくれぬか。安江が心配をしておったので、ちょいと気になっただけなのだ」

「へえ、承知いたしました」

清兵衛はそのまま真之介の屋敷を出た。

四

清兵衛は茶屋「若葉」の床几に座っていた。板壁に立てかけられた葦簀《よしず》に秋の日があたっている。団子と茶碗の図が染め抜かれた幟《のぼり》がゆらゆらと風に揺れている。

忠吉から聞いた娘のことはすぐにわかった。一言でいって器量よしだ。

それに、身のこなしと所作は、とても茶屋の娘とは思えなかった。武家の躾が染みついているようなそんな印象を受けた。

まだ、昼前なので客はそう多くない。旅人らしい初老の夫婦、大きな背負い袋を足許に置いた行商人、浪人らしき侍が一人、そして清兵衛のみである。

「もし、よろしかったら茶請けにいかがでしょうか」

件《くだん》の娘がやってきて沢庵《たくあん》を載せた小皿を差し出した。嫌みのない人好きのする笑みを浮かべている。

「これは親切に、かたじけない」

清兵衛は素直に受け取った。

「うちのおっかさんが漬けたのですけれど、お客様に是非とも味見をしていただきたいと申すのです」

「ほう、さようであるか」

清兵衛は早速つまんでみた。甘みがあってうまい。

「ほどよい甘さがあって歯ごたえもある。これは茶が進むばかりでなく、酒の肴にもよいな」

「ようございました。ありがとう存じます」

娘は丁寧に頭を下げた。その仕草も町人の娘とは思えなかった。

「そなたの名は何と申す？」

「ようでございます」

「おようさんか。看板娘だな。その器量ならさぞや若い男が寄ってくるであろう」

「そんなことはありません。でも、お褒めいただき嬉しいです」

素直な子だ。笑んだ顔は輝いているし、人を魅了する涼しげな目を持っている。

「どうぞゆっくりしていってくださいませ」

およはそういうと、他の客に母親が漬けたという沢庵を運んでいった。もてなしのいい店だ。

およは客の一人ひとりと短い会話をして、沢庵を配り終わると、奥の板場のそばに控えた。清兵衛が贔屓にしている稲荷橋際の甘味処「やなぎ」の娘・おいともあかるくて好感の持てる娘だが、美人のおように比べれば、ごく普通の娘だ。

およは愛嬌も兼ね備えているが、品のある面立ちで、言葉つきも所作も申し分ないだけに、武家の娘といわれても信じそうだ。真之介が気に入っているらしいが、これなら無理もないと納得がいった。

清兵衛は若葉を去ると、いつものようにのんびりと町を歩いた。

せっかく呉服町まで来たので、北町奉行所やお城、それに諸国大名家の屋敷を望める堀端をのんびり散策した。

大名屋敷にのぞく木々は紅葉真っ盛りだ。燃え立つような色をした紅葉、小金のような銀杏。立ち止まっては大名屋敷地の向こうにあるお城を眺める。白漆喰塗籠壁の櫓《やぐら》があかるい日のなかにまぶしい。深緑の木々もあれば、枯れ葉を落とした枝を四方八方に伸ばしている木もある。

鍛治橋《かじばし》を通り過ぎ、比丘尼橋《びくにばし》をわたると、そのまま京橋川沿いに歩き、南八丁堀に入った。醤油酢問屋、酒屋、八百屋、足袋問屋に藍玉問屋などが並ぶ。

店の暖簾はそれぞれに色が異なっているし、あせていたり真新しかったりだ。そんな店の間に、肩をすぼめたような小さな店もある。菓子屋や饅頭屋だ。その他に一膳飯屋や蕎麦屋。そして、夕刻にならないと表戸を開けない居酒屋や小料理屋。

あらためて眺めると、江戸の町も味わいがあるものだと、普段思わないことに感心する。

（それにしても真之介が、おようを気に入っているとしても……）

清兵衛は先のことを考える。

いずれ真之介も妻を娶る男だが、町人の娘では具合が悪い。同心ならまだしも、与力なのである。妻にはそれ相応の格式ある家柄の娘に来てもらわなければならぬ。

そのことは真之介とてわかっているはずだ。

「会えましたか？」

家に帰るなり、安江が声をかけてきた。

「いや、もう出仕したあとだった。あの刻限だからおらぬだろうとは思ったが、案の定であった」

「それでは何もおわかりにならなかったのですか」

安江は落胆したように肩を落とした。

「いや、わかった」

ハッと安江が顔をあげる。

「わかったような気がするだけではあるが……」

清兵衛はそう付け加えて、忠吉から聞いたことと若葉に行っておようを見てきたことを話した。

「なかなかいい娘だ。町人の娘らしからぬ応対をするのだ」

「でも茶屋の娘なのでしょう」

「真之介が気に入っているのがよくわかった」

「それは困ります」

「ああ、いわずともわかっておるさ」

「そんなのんきなことをおっしゃっていいのですか？」

安江は真顔になって言葉をつぐ。

「あの子は紛うべくもない町奉行所の与力なのですよ。もし、そんな茶屋の娘を嫁にしたいといったらいかがされます」

「まあそこまで考えてはおらぬだろう。真之介もわかっているはずだ」

「恋仲になっているのでしょうか？」

「まさか……」

「なっていたら、どうされます？　ただの遊び友達だとしても、それは許されませぬよ」

「大袈裟に考えすぎではないか」

「いいえ、わかりません。もしものことがあれば……」

「もしものこととは？」

清兵衛は真剣な顔をしている安江を眺める。

「深い仲になって、間ちがいを犯していたらということです。そんなことになっていたら責任を取らなければなりません」

清兵衛は黙り込んで考えた。

もし真之介が、安江の考える間ちがいを犯していたら、ただ事ではない。ひょっとすると、そのことで悩んでいるのかもしれない。

忠吉もこの頃様子がおかしいといっていた。

少し不安になったが、

「まあ少し様子を見ようではないか」

と、安江を宥めた。

五

（間が悪いのだ）

真之介は与力番所の片隅に座り、ぼんやりと宙の一点を見つめていた。およ うを誘い出そうとするが、なかなかいい出すきっかけを見出せないままだった。

先日、休みの日を聞き出そうと思い声をかけ、縁日で金魚掬いをしたいという話を聞いたが、それから六日がたっている。

明日は休みなので、今日は帰りに若葉に寄っておようを誘いたいと決めているが、果たして相手の都合はどうだろうかとそのことを考えつづけていた。

しかし、睡魔が襲ってくる。つい居眠りしそうになるので、何度も太股をつねっていた。睡眠が足りないのは、おようのことが頭から離れないからである。

欠伸をかみ殺したときに、生駒剛太郎が番所に入ってきた。先輩与力に遠慮して座っている真之介を見つけると、

「おぬしも一服であるか」

と、そばに腰を下ろし、煙草盆を引き寄せた。

「しばらくしたらすぐに戻らなければならぬ」

真之介は素っ気なく答える。

仕事はいろいろあるが、今日は表玄関で訴訟人たちの受付をしなければならなかった。半刻も座っていると疲れるので交替で役目をこなしていた。

「玄関番は大変であるな。それにしてもおれも煩雑な仕事が多くて頭が痛いよ」

剛太郎は吟味方助役なので、下調べや口書の作成に追われているようだ。

「楽な仕事なんてないさ」

「そうだな。ま、おれは宿直番が少ないからよいが、当番方は大変だな。昼と夜があべこべになるわけだから、寝ることに往生するのではないか。仮眠は取れる

としても、夜中中起きていなければならぬわけだしな。やっぱり明け番の日には、昼寝をするのか」

「まあ」

「昼寝でもしなければ体が持たないだろうな。しかし、寝て起きたらまた夜になっていたりするわけだろう。その翌朝にはまた仕事だ。やはり、昼と夜があべこべにならぬか。おい、真之介」

「ああ……」

「ああじゃないよ。人が話をしておるのだ。ちゃんと聞け」

剛太郎は煙管《きせる》に刻みを詰め、手焙りの火を使って火をつけた。ぷかっと吹かす。

「されど、当番方は二日勤めの一日休み。それは羨ましい」

「ふむ」

「休みが多いのは、やはり昼夜が逆さまになるからだろうな。その休みの日に体を整えろということであろう。よく考えてあると感心する」

「くだらぬことをいうやつだ」

真之介は冷めている茶を飲んだ。

「無粋な顔をして何か面白くないことでもあったか」

「何もないさ」

「機嫌が悪いと見える。そんな顔をしている。そういえば道場に顔を出しておらぬだろう。先生が心配をされていたが、どうしたのだ？」

「忙しいのだ」

「休みの日もさようか。熱心な男のくせに……。腕が落ちたらいかがする。先日はおれに負けてもいる」

「剛太郎」

真之介はまっすぐ剛太郎を見た。

「町人の娘を妻にできるだろうか？」

「何を藪から棒に。おぬしのことであるか？」

「もしもの話だ」

「できるわけないだろう。痩せても枯れてもおぬしは与力なのだ。町人の娘をもらう与力がどこにいる。……おや、ひょっとして」

剛太郎は顔を近づけてきた。冷やかすような笑みを浮かべて、

「好きな娘でもできたか」

と、声をひそめた。どこの誰だと、興味津々の顔で聞きもする。

「そういうことではない。例え話だ。そういうことがあるのかと、さる方に聞かれたのでどう答えたらよいかと考えていたのだ」

「さる方とは……」

穿鑿《せんさく》する剛太郎は、のっぺり顔をさらに近づけてきた。

「それはいえぬ。さ、そろそろ交替の時刻だ」

真之介はそのまま立ちあがって玄関に向かった。

奉行所の玄関を入ったすぐの座敷には三人の「中番」が控えている。これは奉行直属の家臣で、来訪者の取り次ぎをするのが仕事だ。その背後の広間の壁には五十挺の鉄砲が立てかけられている。左手は鑓《やり》の間である。

真之介が詰めるのは、その広間の奥にある与力番所である。文机の前に座り、受けた訴訟関係の書類を整理、あるいは清書する。

ここには年番方与力三人、脇差を差した当番方与力二人が継裃《つぎかみしも》姿で詰めている。真之介は後者のほうである。

しかし、威厳を保って座っていると眠くなる。問答書などの書類を眺めていても眠くなる。忙しいと眠気も飛ぶが、暇だと眠気は強くなる一方だ。

その日はさして忙しくなかった。眠気に襲われるので、何度も威儀を正し、踝《くるぶし》や太股をつねっては首を振るが瞼が重くなる。

「桜木、桜木……」

肩を揺すられてハッと目を開けると、三人の年番方与力に鋭い眼光でにらまれていた。

「桜木、不心得であるぞ」

年番方の一人に一喝され、これへまいれと顎をしゃくられた。黙って従うしかない。

年番方与力は、与力の最古参で新任の町奉行を指導する有能な者が就く。町奉行所全般の取締りもすれば、同心諸役の任免もする権威者である。

隣の間に入るなり、真之介は頭を下げて謝罪をした。

「居眠りをするとは不届き千万。気を緩めておっては役目は務められぬ。先だっては遅刻をしたそうであるな」

頭を下げたまま真之介は苦虫を嚙み潰した。遅刻は厳しく咎められるが、見逃してもらっていた。だが、そのことを持ち出されては頭をあげられぬ。

「たるんでおるのではないか。お役を易く見ているのなら大まちがい。失態は二度と許されぬ。向後居眠り遅刻があったならば、お奉行へ言上しなければならぬ。

さようなことになったら、役目を外され、職を失うこともあるのだ。そなたの父は立派な与力であった。その父に恥をかかせることにもなる」

「申しわけもございません」

「居眠り罷《まか》りならぬ」

「はは」

「遅刻罷りならぬ。わかったな」

「とくとわかりましてございまする。平にご容赦のほどを……」

真之介は畳に額を擦りつけた。

六

きつく叱られた真之介はその日の役目を終え、ホッと肩の荷を下ろして奉行所をあとにした。胸に苦い思いがあるので、このままおように会うことに気が引ける。

だが、呉服橋をわたったところで大きく息を吸って吐き、気持ちを入れ替えた。

（やはり寄っていこう）

明日は休みである。もし、およふも休みなら是非ともどこかへ誘い出したい。

「忠吉、秋蔵、先に帰れ。ちょいと用を思いだした」

立ち止まって二人を振り返って指図した。

「どちらへいらっしゃるので……」

馬面の秋蔵が聞いてきた。

「遠くではない」

真之介は二人を見送るようにその場に立ち、一石橋《いちこくばし》のほうへ足を進めた。もうあの二人はずっと先に行っているだろうと見当をつけ、西河岸町《にしがしちょう》をまわりこんで呉服町の通りに出た。若葉はすぐそばである。

この時刻は与力・同心の帰宅時間なので、姿を見られないように店の奥に入って腰を下ろした。

およふの姿がない。近所に出かけているのだろうと勝手に推量し、中年の女中に茶を所望した。ゆっくり茶を飲み、手焙りで暖を取る。寒さが増しているので、ありがたいことである。

しかし、小半刻たってもおよふはあらわれない。

どうしたのだろうかと思い、板場のほうを何度も見るがあらわれる気配がない。

たまりかねて、そばを通った女中に声をかけた。

「およう は休みなのか？　姿がないな」

「今日は大事な用があって朝から出かけているんです」

中年の女中はにっこり笑うが、薹の立った女に可愛さはない。

「さようであるか」

真之介はがっかりして茶を飲むと、そのまま家路についた。

（よし、明日の朝早く来てみよう）

内心でつぶやき、思いを決める。明日こそ、つぎの休みを聞きだす。

（あ！）

真之介は失敗に気づいて立ち止まり、来た道を振り返った。さっきのあの女中におようの休みがいつなのか、それとなく聞いておくべきだった。

これから戻ってあらためて聞くのは不審がられるだろう。舌打ちをし、やはり明日の朝にしようと、思い直す。

翌朝、真之介は落ち着かなかった。朝餉を平らげると、自分の部屋で刻の過ぎるのを待った。同心は朝五つ（午前八時）に町奉行所に出仕し、与力は昼四つ（午前十時）に出仕する。その時間帯に若葉に行くのは避けたほうがよい。気持ちはすでに若葉にあるのだが、暇をつぶすのに往生した。

部屋のなかで立ったり座ったり、障子を開けたり閉めたりして庭を眺め、それから部屋のなかをぐるぐると歩きまわった。

そうしながらも頭のなかは、おようのことでいっぱいだ。涼しげな目許、柔和に笑った顔。襟元にのぞくきめ細やかな肌。着物の上からでもわかるまるい尻。裾にのぞく細く締まった足首。

（およう、およう）

真之介は胸のうちで何度もつぶやき、おようの魅力的な顔を思いだす。

いまここにいたら、強く抱きしめたいと思う。いや、本当にそうしたいのだ。小さくて品のある唇。ああ、あの唇を……。せめて手をにぎってみたいと思いもする。

どうにかしたい。自分のものにしたい。嫁にできずとも、短い間でもいいから二人だけの甘い時を過ごしたい。そうだ、おようはおれのことをどう思っているのだろうか。

そこまで考えて、真之介は部屋の真ん中に佇んだ。気に入っているのだろうか？　きちんと受け答えをするのだから嫌われてはいないはずだ。

おれが町奉行所の与力だと知っているから遠慮があるのかもしれない。

（そんな遠慮などいらぬのだ。およう）

そこにおようがいるかのごとく、胸中でつぶやく。

障子を開け、空に昇った日を見る。そろそろ四つであろうと勘をはたらかせると、着替えにかかった。

今日は休みなので渋い柿色の着流しにした。髪に櫛を入れ直し、襟を正し、鼠色紬の羽織を着込んだ。帯をぽんとたたき、部屋を出ると、通い女中のおよねに声をかけた。

「ちょっと出てまいる。昼はいらぬからそのつもりでよい」

そのまま雪駄に足を通し、大小を腰に差して家を出た。

組屋敷地を抜けたときに、時の鐘が空に響いた。四つの鐘であった。

真之介の足はまっすぐ若葉に向く。案の定奉行所通いの与力や同心の姿はなかった。新場橋をわたり通町《とおりちょう》に出ると、いきおい人が増える。

商家は大戸を開けて、商売に精を出している。通行人が邪魔になるが、真之介は小僧や娘の呼び込みの声など耳に入らず、背筋を伸ばしてすたすたと歩く。

通二丁目の角を左に折れて呉服町の通りに入った。心の臓がどきどきと高鳴る。

およ うに会えると思うと、頬さえ紅潮する。

（落ち着け、落ち着け）

我にいい聞かせて若葉の近くまで来たとき、表の床几に座っている客に茶を差し出しているおようの姿が見えた。

木綿の小袖に襷を掛け、手拭いを姉さん被りにし、前垂れをつけている。いつものおようがそこにいた。

「あら、お休みでございますか」

店先に来たとき、おようが気づいて声をかけてきた。いつものようににこやかな顔だ。

「さようだ。茶をもらおう」

「はい、ただいま」

おようは声を弾ませて奥に下がり、すぐに茶を運んできた。頬をゆるめ嬉しそうな顔をしている。

「何かよいことでもあったか？」

茶に口をつけておように訊ねた。ひょっとすると自分に会えたのが嬉しいのではないかと思った。そうならよいがと、胸のうちで期待をする。

「はい、いいことがありました」

「ほう、なんであろう？」

およう は少し照れ臭そうな顔をした。持っていた盆を胸に抱くようにする。

「わたしにはいえぬことか」

真之介は催促して茶を飲んだ。

「いいえ、わたしお嫁に行くことになったんです」

ぷっと、真之介は茶を噴きこぼした。

「昨日、縁談が調いましたの。桜木様にはお世話になりました。さようなことでこの店ではたらくのは明日が最後になりました」

真之介は湯呑みを宙に浮かしたまま能面顔になった。

すぐそこにいるおようが急に遠ざかるような錯覚を覚えた。心が打ち砕かれていた。

「……そうであったか。それは残念な。あ、いやめでたいことだ」

「ありがとうございます。どうぞゆっくりしていってください」

おようはちょこんとお辞儀をすると、奥の板場に去っていった。

真之介はぼんやりと通りを眺めた。近くの店の前で二人の娘が笑い転げている。

まるで自分の不幸を嘲笑っているような気がした。

やんちゃ坊主が目の前をパタパタと駆け抜けていき、すぐ先で立ち止まると、あとから追いかけてくる子供を振り返って、

「あかんべえー」

と、舌を出して笑った。

（おのれ！）

子供に腹を立てるわけにはいかないが、真之介は勢いよく立ちあがった。そのまま茶代を床几にたたきつけるように置くと、若葉をあとにした。

肩を落とし、何度もむなしい吐息をついた。

（およう が嫁に……）

歩いているうちに泣きたくなった。

自分の思いはいったい何だったのだ。

楓川《もみじがわ》の畔まで来て立ち止まり、大きなため息をついたとき、数枚の枯れ葉をつけただけの桜の木にとまっていた烏が鳴いた。

バーカ、バーカと聞こえた。

「桜木様、何かお考えごとですか」

おいとがお替わりの茶を運んできていった。

「うん、ちょいとな」

清兵衛はそういって、また遠くの空を眺めた。

甘味処「やなぎ」にいるのだった。

七

もう日が暮れそうになっている。昼間の暖かさは去り、風も冷たくなっていた。家路を急ぐ職人たちがいれば、買い物をいいつけられたらしい子供が、草履の音を立て目の前を走り抜けていった。

空には黒い影となった雁の群れがある。その鳥たちは西のほうへ去っていった。

清兵衛は若葉の娘・おようのことをあらかた調べていた。

おようの父親は町年寄樽屋《たるや》の次男だった。家督を継げない身分ではあるが、通町一丁目の町名主と町方の地割役を兼務していた。

いわゆる名家である。その娘がおようなのだ。茶屋は母親が営んでいるが、これは副業であった。

江戸の町年寄は、町奉行のもとで江戸の町を支配し、名字帯刀を許され、江戸城で年頭の拝謁、将軍の上野寛永寺と芝増上寺への御成先《おなりさき》での拝謁をも許されている由緒ある家柄だ。

町年寄を代々世襲しているのは、樽屋・喜多村《きたむら》・奈良屋《ならや》の三家である。おようは樽屋の親戚であり、町名主の娘であった。

そして、一年半ほど本家の樽屋にて行儀見習いをしていたのもわかっていた。これは花嫁修業であろうと、清兵衛は推察していた。

真之介が真剣におようをもらい受けたいというのなら話はできる。町人でも相手が樽屋の血筋を引く娘なら申し分ない。

だが、相手あってのことだ。おようが真之介をどう思っているか、それが肝要なところであるし、また二人の仲がどこまで進んでいるのかもわからない。

妻の安江は気が気でないらしく、今日あたり様子を見てきてくれと、朝から清兵衛をせっついていた。

今日は真之介が休みだというのはわかっている。家にいるだろうかと、清兵衛は暮れかかった空を眺めて、ゆっくりと立ちあがった。

「お帰りですか？」

おいとが気づいて声をかけてきた。

「もう日が暮れそうだからな。また寄らしてもらうよ」

「冷えてもきましたからね。気をつけてお帰りください」

いつも気持ちのいい娘だと感心しながら、清兵衛はやなぎを離れた。だが、家には帰らず、稲荷橋をわたって八丁堀に入ると、そのまま真之介の屋敷に向かった。

留守であれば、小者の忠吉か秋蔵から話を聞いて帰ろうと決めていた。屋敷前に来る頃にはようようと辺りが暗くなっていた。

門に閂《かんぬき》は落とされておらず、そのまま開いて屋敷内に入った。もとは自分の屋敷であるが、「頼もう」と声をかけると、馬面の秋蔵が玄関からひょっこりあらわれ、

「あ、これは大旦那様」

と、声をかけてきた。

「真之介はいるか？」

「おいでですが、部屋に籠もられています」

「もう夕餉の時分ではないか」

「それが昼餉も取らずに、ずっと自分の部屋から出ていらっしゃいませんで……」

「何かあったか」

「昼前に出かけられたのですが、ほどなくお戻りになり、そのまま部屋に籠もったままなのです」

「まさか、具合が悪くて寝込んでいるのではないだろうな」

「さようではないと思います」

清兵衛はそのまま玄関に入ると、勝手知ったる他人の家で座敷にあがり、そのまま奥の部屋へ向かった。真之介に声をかけると返事があった。

「開けるぞ」

さっと襖を開くと、暗い部屋のなかに座っていた真之介がぼんやりした顔を向けてきた。

「体の具合でも悪いのか。ずっと部屋に籠もっているそうではないか」

「具合など悪くありません。なにかご用で……」

清兵衛は短く言葉に詰まったが、すぐに答えた。

「近くまで来たので寄ってみただけだ。どうだ、たまには一杯やらぬか」

真之介は考えるようにうつむいた。

「あかりもつけずに、いったいどうしたのだ。御番所で粗相でもやらかしたか
……」

「いえ、さようなことは……」

真之介は歯切れ悪く答え、

「何かお話でもあるのでしょうか？」

と、浮かぬ顔を向けてきた。

「うむ、あるといえばある。おまえの向後のことだ。大事なことでもあるが
……」

「どんなことでしょう？」

「まあ、それはゆっくりやりながらでもよいだろう。付き合え」

「では」

真之介はやっと折れて立ちあがった。

屋敷を出ると組屋敷地を抜けて、本八丁堀にある小体な居酒屋に入った。

「今夜はわしの奢りでよかろう。ただし、おまえが本勤になった暁にはたっぷり

馳走してもらうからな」

助役と呼ばれる本勤並の真之介の収入は、一年二十両の手当しかない。しかし、本役になれば、その収入は激増する。年二百両の与力もめずらしくはない。これは諸侯や商家からの付け届けがあるからだ。

「あ、これへこれへ」

清兵衛は女中が運んできた徳利を受け取った。

土間席ではない少々窮屈な小上がりではあったが、話をするには都合がよかった。清兵衛が酌をしてやると、真之介も酌を返した。

清兵衛はどこから切り出そうかと思案しながら、他愛もない世間話をした。その間に注文した肴が揃った。

刺身と煮物、それから烏賊《いか》の塩辛と衣かつぎであった。

「父上、何か話があるのでしょう。いったいなんでしょう？」

一合ほどの酒を飲んだときに、真之介がまっすぐな目を向けてきた。

「……嫁取りのことだ」

少し思案して答えると、真之介の目が驚いたように見開かれた。

八

「おまえもあと二、三年すれば一人前の本勤になるであろう。そうなるのであれば、そろそろ嫁取りのことを考えなければならぬと、安江と話しているところだ。ぼちぼち縁談話も悪くないであろうが、その前におまえの気持ちを聞いておこうと思ってな」

「縁談ですか……」

真之介は浮かぬ顔で酒を嘗めるように飲む。

「それとも、これと決めている相手でもいるか。もし、さようならいらぬ世話になる」

清兵衛は真之介の反応を窺うように見る。

「相手は……いません」

そういった真之介は悔しそうに唇を嚙んだ。

「いないか。ならば安江にさように伝え、縁組の話をぼちぼちと進めてみようか」

「………」

「どうした？　気に入らぬか。それともおまえに考えでもあるのか？」

「わたしは妻を迎えるなら自分で捜したいと思います」

「ほう、それならそれで結構。されど、忙しい身の上だ。これなら申し分ないという女子《おなご》に出会うのは難しいであろう」

「まあ、そうかもしれませんが……」

「町人ならまだしも、御番所の与力であるからな。それ相応の家柄の娘を見つけなければならぬ。そうはいってもおまえもいい年だ。好きな女の一人や二人できてもおかしくはない。わしもおまえの年頃には、いろんな女に目移りしたものだ」

清兵衛はちょいと刺身をつまみながらも、真之介の顔色を窺う。

「小料理屋の女将に目を奪われたことがある。小股の切れ上がった商家の娘もいた。もっともそれは、わしが勝手に思うだけに終わってしまったがな」

ハハハと、清兵衛は自嘲した。

「父上もそんなことが……」

「もちろん安江と出会う前であった。安江との縁談は親が勝手に取り決めたことであったが、まあ、いまになって思えばよい妻である。おまえにとってもよい母親のはずだ」

「はあ」

真之介は思案げな顔をして、何かをいいかけた。だが、出かかった言葉を呑み込むように酒に口をつけた。

「父と子とはいえ。男同士だ。こういったことは腹を割って話したほうが気が楽であろう。おまえもそういう年になったのだ」

およう のことは先に真之介から話をさせなければならない。だが、真之介の口は重い。色恋沙汰は親に打ち明けにくいというのは清兵衛もわかっている。

「好きな女はおらんのか？」

思いきって訊ね、言葉をついだ。

「さっきもいったが、わしはおまえの年頃には何人もいた。むしろいないほうがおかしいであろうな」

清兵衛は塩辛をちょいとつまむ。

「まあ、こんな話は親にはしにくいだろう。どうだ、道場のほうは……」

清兵衛はわざと話題を転じた。

すると、真之介が慌てたように酒をあおり、「じつは、父上」と、まっすぐな目を向けてくる。

「わたしはこれなら妻にしてもよいと心に決めた女がいました」

「ほう」

「しかし、町人の娘です」

「うむ」

「御番所の与力が町人の娘を妻にするのは難しいと知っておりました。ですが、わたしはその女に惚れてしまいました」

「………」

「ですが、その女は縁談が決まったのです」

「さようであったか」

まさか、およう に縁談があったとは知らなかった。だが、清兵衛は真之介の話を聞くことにした。

「言葉つきも所作も町人の娘らしからぬもので、妻にしても恥ずかしくはないと思っていました。それ故に、相手の気持ちをたしかめたいと思っていたのです」

「すると、たしかめることはできなかった、というわけであるか」

真之介は小さくうなずき、手酌をして酒をあおった。

「たしかめようと思いました。たとえ、妻にできずともゆっくり話をしたいと思ったのです。ですが、できずじまいで終わりました。じつは今日、その女に会ってゆっくり話をする機会を作ろうと考えていたのですが、縁組が決まったことを嬉しそうに打ち明けられまして……」

真之介は「はあ」と、大きなため息をついた。

「一足遅かったというわけであるか」

「よくよく考えるまでもなく、妻にできる女ではなかったのです。それなのに、わたしは忘れることができなくなりまして……」

真之介はうなだれ、悔しそうに口を引き結んだ。

「愚か者です。とんだたわけでした」

真之介は首を振っていう。

清兵衛はそんな真之介を眺めた。どうやら真之介は失恋をし、心が傷ついているようだ。

「真之介、まだ思いを引きずっているのではないか」

「嬉しそうに縁組が決まったと告げられたのです。自分がおろかだったと気づきながらも悔しくてならぬのです」

「そうであったか。ま、飲め」

清兵衛は酌をしてやった。

「真之介、おまえは武士である前に男である」

「…………」

「男なら女を好きになって当然のことだ。相手の身分など考えず、そんな思いを抱くことに不思議はない。だが、おまえは男であると同時に武士である。そうだな」

「……はい」

「武士とは潔いものだ。相手から縁談が調ったと告げられたのであれば、潔く祝ってやれ。潔く身を引き、相手の幸せを祈ってやるのだ。さすれば思いを引きずることはなかろうし、おのれの思いも吹っ切れるであろう」

「潔く……」

「さようだ。武士というものは、引くときには潔く身を引く。出るときには、潔く前に出る。常に剛勇潔白であらねばならぬ。おまえは江戸の町を守る町奉行所の与力であるぞ」

真之介の顔がハッとあがり、目を輝かせた。

「父上、おっしゃるとおりだと思います」

「わかってくれたか。ならば飲もう」

清兵衛は手をたたいて酒の追加をした。

「武士の真価は潔さでございますね」

「さようだ」

真之介は盃を掲げ、意を決した顔つきになった。

「仰せのとおり、わたしは明日、その女に心からのお祝いを述べることにいたします。それでようございますか」

「よいだろう。相手の幸せを祝うのだ」

「はい、そうします」

真之介はそういって酒を飲み、精一杯の笑顔になったが、それは泣き笑いであった。

清兵衛は心の内で、「よい、よい」とつぶやきながら酒をあおった。

第三章　鮨飯

一

才次郎《さいじろう》は手焙りにあたりながら、欠け茶碗で酒を飲んでいた。隙間風が入ってくる暗い部屋だ。おまけに厠が近いので、その臭いもする。夏場はどぶの臭いがそれに混ざり、慣れるのに往生したものだ。だが贅沢はいえなかった。辛抱するしかない。

才次郎は削げた自分の頰を、枯れ枝のように細くなった手で撫でた。

(瘦せちまった)

食うに食えぬ暮らしをしているからしかたないが、ずいぶん落ちぶれたもんだと、我が身のことを嘆くことしきりだ。

（こんなはずじゃなかったのに……）

日に何度も胸のうちでつぶやくが、それがまた悔しくて、

「くそッ」

と、声に漏らした。

酒を一気にあおり、また徳利酒を注ぐ。どぶろくである。

うまい酒を飲みてェと思うが先立つものがないので我慢するしかない。酔えば酒は何でも同じだと自分にいい聞かせもする。

さっきまで西日を受けていた腰高障子が暗くなっていた。家のなかはさらに暗い。行灯をつけようと、そっちを見たが、油を切らしていたことに気づいた。

（灯《あか》りもつけられなくなっちまった）

泣きたい思いだ。

うす暗い闇の一点を凝視し、政七《まさしち》から相談を受けたことを思いだす。

――才次郎さん、このままでいいと思っているのかい？　おりゃあもう飽き飽きした。この辺で何かしねえといつまでたっても同じだ。うだつの上がらねえまま死にたかねえよ。

そういう政七を、才次郎はじっと眺めた。四十の坂は越えているが、自分より若い男だった。新川の河岸人足だったが、喧嘩がもとで人足の差配をする頭《かしら》に暇を出され、ときどき日傭取りで食いつなぐ暮らしだ。才次郎と同じような境遇である。

――正直者はいつまでたっても金は稼げねえ。汗水流したところで、高が知れてる。才次郎さん、知恵を出して何かやろうじゃねえか。

――何をやるってんだ。

――まっとうなことをやってちゃ浮かばれねえだろう。

政七はそういって、まじまじと才次郎を見た。考えていることは手に取るようにわかったが、才次郎にはまだ理性があった。

――だから、何をしてえというんだ。

才次郎はわざと聞いた。

――長崎町に大野屋《おおのや》って船具屋があるが、知っているだろ。

――一丁目のあの店か。

――そうその大野屋は、年寄り夫婦でやってる。親爺は耄碌《もうろく》しているし、婆さんもいつくたばってもいい年だ。だけどよ小金をため込んでいる。

政七はそういって目を光らせ、言葉をついだ。

――百両二百両じゃねえはずだ。おれは四、五百両はあると踏んでる。なにせけち臭い親爺だ。そのケチが徒《あだ》になって、倅に愛想尽かされてんだからな。

――おめえ盗みに入るというのか。

政七は暗にうなずいてから答えた。

――二人で山分けだよ。四百両ありゃ、一人二百両。それだけありゃ楽な暮らしができる。貧乏暮らしともおさらばだ。酒だってどぶろくじゃねえ、下り酒が飲める。うまいもんもたらふく食える。


「何してんだい！　このうすら馬鹿！」

突然、近所の家から金切り声があがった。

才次郎はそのことで我に返った。金切り声を発したのは二軒隣の女房だとわかる。いつも夫婦喧嘩の絶えない家だ。

怒鳴るのはいつも女房のほうで、しばらく罵り声がつづき、そして小言に変わり聞こえなくなった。

すっかり家のなかは暗くなっていた。才次郎は財布をあさった。なけなしの金が入っている。灯りぐらいつけなきゃますます滅入ってしまうと思い、灯油を買いに行くことにした。

よろけるように立ちあがると、ガタピシと音を立てる戸を引き開けて、長屋を出た。表は夜の帳《とばり》に包まれ、空には星が浮かんでいた。表通りに出ると、夜商いをしている居酒屋や小料理屋の行灯がいくつか見えた。

小さな油屋は店を閉めていたが、戸をたたいて声をかけると、返事があった。

「遅くにすまねえが油を売ってくれねえか。切れちまったんだ」

「お安いご用で。冷えてきましたねえ」

店の親爺は気さくなことをいって、持参の油壺に安い魚油を入れてくれた。

「勘定はつけておいて、月晦日でもいいですけど、どうします。あんたのことはもうわかっているから」

「それじゃそうしてもらおうか」

才次郎はそのまま自分の長屋に引き返した。

これで少しは気持ちがあかるくなるだろうと、安堵の吐息をつく。それにしてもずいぶん冷え込んできた。身にしみる夜風である。

才次郎はぶるっと肩を揺すって大きく息を吐いた。

「どこ行ってたんだよ？」

突然の声に、才次郎はびっくりして立ち止まった。長屋の木戸口から出てきたのは政七だった。

「なんだ、おめえか。びっくりするじゃねえか」

「脅かすつもりはなかったんだけどよ。酒を持ってきたんで飲もうじゃねえか。どぶろくじゃねえよ」

政七は手にさげている瓢簞徳利を掲げた。

二

翌朝、長屋を出た才次郎はひょいと首をすくめ、肩をすぼめた。

「やけに冷えてやがるな」

風の冷たさを愚痴って新川に足を向ける。

頭のなかで昨夜政七から聞いたことを思いだす。政七は大野屋のことをあらかた調べてきていた。たしかに盗みに入るには恰好の店かもしれない。

だが、才次郎は迷っていた。

金はほしい。貧乏はうんざりだ。先行き長くもない。年が明ければ、四十九になる。人生五十年というから、残りの人生はあと二年だ。

一年辛抱してそのままくたばるか、金を手にして思う存分贅沢をするか。

心は後者の考えに傾いている。さりながら才次郎には理性がはたらいていた。いまは落ちぶれた年寄りになったが、元は町方から十手を預かっていた岡っ引きだった。

もしも、計画が失敗すれば、贅沢どころか、いまよりもっとひどいことになる。

（臭い飯は食いたくない）

その思いがあるから政七の計画にもうひとつ気が乗らなかった。牢屋敷がどんなところであるか、才次郎は聞き知っている。

町奉行所の同心についているとき、その話はいやというほど聞いているし、自分がしょっ引いた破落戸《ごろつき》からも聞いている。

（人の入るところじゃねえですよ）

そういった与太者もいた。

考え事をしているうちに新川の河岸道に出た。川面から昇る湯気のような川霧が、河岸道を這うように動いていた。河口のあたりは紗をかけたように白くなっていた。

立ち止まった才次郎はこれから行く米問屋の「坂田屋《さかたや》」を眺めた。今日の仕事先だ。仕事先はもう一軒ある。同じ四日市町《よっかいちまち》にある醬油酢問屋「成田屋《なりたや》」だ。

才次郎はその二軒から仕事を請け負っている。得意先をまわる御用聞きである。

（御用聞きから御用聞きになるとは……）

才次郎は削げた頰に自嘲の笑みを浮かべた。岡っ引きも「御用聞き」といわれるからである。

すでにどの商家も大戸を開け暖簾を掛けていた。新川には無数の舟が着いており、河口から上ってくる舟もあった。そのなかには沖合に停泊している樽廻船から積み荷を受け取った艀舟もあった。

才次郎は二ノ橋の上で立ち止まり、河岸場ではたらく男たちをしばし眺めた。舟から荷揚げをしたり積み荷をする河岸人足たちだ。政七もその人足だった。だが、そこに政七の姿はなかった。

「おはようございます」

才次郎は坂田屋の暖簾をくぐって店のなかに入った。帳場に座っていた番頭が、

「才次郎さん、用意はできているよ」

といって、注文帳を手わたしてきた。土間奥では若い奉公人が手代の指図をうけ米俵を積み直していた。表の大八に運んでいく者もいる。

「今日は何軒ほどです？」

「十軒もないから昼までには終わらせてくれるかい。ああ、才次郎さん……」

番頭はそういって、ためつすがめつ才次郎を眺める。

「心配には及びませんよ。今日のは汚れちゃいませんから」

才次郎は縦縞木綿の綿入れを尻端折りして、股引に雪駄というなりである。先日、着物が汚れているのに気づかず、文句をいわれた。

大きな米問屋である坂田屋の御用聞きが、貧乏臭いなりで注文を取りに行くのは禁じられていた。

才次郎は坂田屋の印半纏を羽織ると、帳面をぱらぱらと眺めて店を出た。ご用伺いに行く商家や武家の家はおおよそ決まっていた。

その朝は、小網町《こあみちょう》をまわり、蠣殻町《かきがらちょう》にある武家の屋敷を二軒訪ねた。待たされたり、注文を聞くのに話し好きの番頭に付き合ったりで、仕事を終えたのは昼近くだった。

坂田屋に戻り、帳面をわたすとあとは用はない。店を出ると、近くの一膳飯屋で茶漬けをすするように食べた。

それで腹は満たされはしないが、倹約しなければならない暮らしだ。昔は鰻を食ったり、刺身や焼き魚をおかずに丼飯を頬張ったりしていた。粗食つづきで目方がずいぶん減っていた。だが、空腹も慣れると気にならない。

目方が減った分身が軽く感じられるが、しわが増えて深くなった。女房に先立たれているが、いまさら女をほしいとも思わない。

(枯れたなあ、おりゃあ)

飯後の茶をすすりながら、細く節くれだった自分の指を眺めた。

ぼんやり、他の客を眺めていると、また政七の企みごとを思いだした。

(やつの話に乗っちまうか)

半ばやけっぱちな気持ちで、内心でつぶやいた。それから、そうだ大野屋を下見していこうと思い立った。

飯屋を出ると、新川に架かる二ノ橋をわたり、そのまま長崎町一丁目に入った。大野屋は表通りから脇に入った細い通りにあった。

古い掛看板にくたびれた屋根看板があった。「大野屋」という文字も風雨にさらされかすれており、目を凝らさないと読めないほどだ。間口は二間だから大きな店ではない。

才次郎は先のことを考え、顔を覚えられないように戸を開け放してある大野屋の店を窺った。土間にいろんな舟具足が、足の踏み場もないほど置かれている。舵・櫂・帆柱・碇・綱・帆桁などだ。天井から吊したり、壁に掛けたりしてある。投網や釣り竿に銛《もり》もあった。

繁盛しているようには見えない。それでも長年ここで商売をやっているのだから、それなりに利益を上げているのだろうと推量する。

帳場に一人の年寄りが座っていた。それが大野屋の主のはずだ。髪がうすくなっており、小さな髷をちょこなんと結っている。年は六十を過ぎていそうだ。

盗み見るように窺っていると、奥から白髪頭で、少し猫背の婆さんが出てきた。どうやら女房のようだ。丸盆に茶碗と饅頭《まんじゆう》を載せていた。それを亭主にわたすと、自分は上がり口に用心するようにゆっくり腰を下ろした。小柄な年寄り夫婦だった。

（なるほどな）

店を離れながら、政七がなぜこの店に狙いをつけたかがわかった気がした。

突然、声をかけられたのは川口町の自宅長屋のそばだった。

「才次郎ではないか……」

自分の名を呼ばれた才次郎は、立ち止まって背後を振り返り驚いた。

三

「やはりそうであったか」

清兵衛は口許に笑みを浮かべた。

「桜木様……」

「久しぶりであるな。少し痩せたようだが達者であったか？」

「へえ、何とかこうして生きています」

「大袈裟なやつだ。まだ死ぬには早いであろう。それで見廻りか？　おぬしの持ち場は本石町《ほんごくちょう》であっただろう」

「へえ、それがやめたんです」

「やめた……」

清兵衛は眉宇《びう》をひそめた。

「いろいろありまして……」

「さようか。するとこのあたりに住んでいるのか？」

「へえ、すぐそこの長屋でございやす。桜木様は隠居されたと聞いておりますが……」

「さようだ。暇を持て余していかぬ。忙しいのか？」

「いえ」

「久しぶりに会ったのだ、少し話をしよう。お、その先に茶屋がある。暇なら少し付き合え」

清兵衛は半ば強引に才次郎を誘い、茶屋の床几に並んで腰掛けた。

「やめたといったが、どういうわけだ？」

茶を運んできた小女が去ってから、清兵衛は口を開いた。

「女房に死なれたせいか、何をやるにも張り合いをなくしちまったんです。それで旦那から預かった手札と十手を返しまして……」

「岡っ引きをやめたのか？」

「さようです」

「ふむ。おぬしを使っていたのは塚本平三郎《つかもとへいざぶろう》であったな。平三郎は引き留めなかったのか？」

塚本平三郎は清兵衛の下ではたらいていた同心だった。いまも風烈廻りで忙しくしているはずだ。

「あっしが決めたことなので、旦那はしかたないとおっしゃいました」

「縄張りはどうした？　誰かに譲ったのか？」

「万太郎《まんたろう》という若くて威勢のいい男が後を引き継いでくれました。あっしもいい年になっちまったんで、いい頃合いだったと思います」

「そうであったか。それでおぬしはいくつになった？」

「四十八です」

「もう、さような年であったか。わしはもっと若いと思っていたが……」

これは少しお世辞であった。

たしかに才次郎は清兵衛より若いが、以前よりずいぶん老け込んでいた。それに恰幅《かっぷく》があったのに痩せて頰がこけ、やつれた顔をしている。

「桜木様はいつまでもお若いので羨ましいです」

「何をいう。わしもずいぶん年を感じているのだ。女房を亡くしたといったが、いつのことだ？」

「半年ほど前です」

「まだ若かっただろうに……」

「四十二でした。風邪をこじらせ、そのまま寝込んだと思ったら一月もたたぬうちに……」

「気の毒であった。……それでいまは何をしておるのだ？」

「米問屋と醤油酢問屋に雇われ御用聞きをしております。本石町では顔が知られているんで、こっちに越してきたんです」

「御用聞き……」

「以前も御用聞きでしたが、こっちはお店の御用聞きです」

　才次郎は淋しそうに笑った。

「暮らしは立っておるのだろうな」

「なんとかやっております。独り身なんで、贅沢さえしなきゃ食うに困ることはありません」

「おぬしは腕の立つ岡っ引きだったのにな。残念なことである」

「いえ、あっしは塚本の旦那や桜木様のお手伝いをしただけです。役に立とうと必死でしたが……」

「いやいや、いろいろとおぬしには助けられた。しかし、もう四十八になっていたか……」

清兵衛はあらためて才次郎を眺めた。以前の覇気はまったく感じられない。肩を落としているその姿はみじめにさえ見えた。

「桜木様はもうお役目には戻られないのですね」

「隠居したからな。戻してくれと頼んでも無理なことだ。わしがどうして隠居したかは聞いておるだろう」

「労咳だったと聞きましたが、あとでちがう病だったとそんなことを……」

「そうなのだ。てっきり、わしの人生も終わりだと思っていたのだが、命拾いをした。その代わりお役目を失ってしまったがな」

清兵衛は苦笑した。

「もったいないことです」

「人生とはわからぬものよ。だが、これも天の定めであろう。そう思うことにしておる」

「あっしもこうなったのは天の定めでしょうね」

才次郎は小さく笑ったが、それは弱々しいものだった。

「今日は仕事はないのか？」

「へえ、もう朝のうちに終えました」

「毎日そんな調子か？」

「いえ、忙しいときは朝から日が暮れるまでご用伺いにまわりますが、今日はたまたま早く終わったんです」

「さようか。わしは本湊町に住んでいる。おぬしの家はこの近くだといったが、どこであるか？」

「そこの先に木戸門が見えるでしょう。あそこです。侘しい独り暮らしですが、気楽なもんです」

「近所というほどではないが、まあ近くであるな。わしも妻と気楽な二人暮らしだ。何か困ったことがあれば、遠慮なく訪ねてきなさい」

「ありがとう存じます」

四

久しぶりに才次郎に会ったが、清兵衛は一抹の淋しさを覚えていた。才次郎は、以前とはまったく人が変わったような男になっていた。女房を亡くして気落ちしたのだろうが、まるで腑が抜けたような面持ちであった。

清兵衛は威勢よく駆けまわっていた頃の才次郎を知っているので余計にそう思うのだ。

同心にしたがっている小者は非公式な雇われ者であるが、おおむね誰もが認めている半黙許《もっきょ》の存在で町奉行所にも通う。

岡っ引きは同心が個々に使い、町奉行所に通うこともなければ、どの同心がどの岡っ引きを使っているかもあまり知られていない。

また、小者には給金は出るが、岡っ引きには出ない。もっとも使っている同心が心付けや褒美金をわたすことはあるが、暮らしは自前で立てなければならない。

そうはいってもやり手の岡っ引きになると、子分にあたる下っ引きを使い、町の者たちからは袖の下をもらってなかなかの暮らしを立てる。町屋の者たちからは「親分」と呼ばれもする。

才次郎もそんな岡っ引きだったのだが、ずいぶんな変わり様であった。一言でいい表すなら、「落ちぶれた」ということであろうか。

「あら、ずいぶんお早いお帰りですね」

家に帰るなり、安江が声をかけてきた。

何だか早く帰ってきすぎではないかと、文句をいわれたような気がした。帰りが遅いと、こんな刻限までどこを歩きまわっていたのだと小言をいうくせに、早く帰ってきたらきたで別のいい方をする。

だが、清兵衛は言葉を返さない。下手に言葉を返そうものなら、もっと責め言葉が跳ね返ってくるのはわかっている。

だから何もいわずに濯《すす》ぎを使って居間に行って腰を下ろした。

「あら、お疲れでしょうか？　何だか元気のない顔をなさっていますわ」

「昔わしの下で助をしていた岡っ引きに会ったのだ。それが、どうにも様子が変わってしまっていてな」

「様子とおっしゃいますと……」

安江は目をしばたたいて茶を差し出した。

「ずいぶん痩せていたし、急に老け込んだ顔になっておったのだ。なんでも女房に先立たれ、生き甲斐をなくしたようなことをいっていた。それで岡っ引き仕事から足を洗い、いまは商家の御用聞きをやっているらしいのだ」

「真面目に生きていらっしゃるのなら、それはそれでよいのではありませんか」

「そうではあるが、昔の元気をすっかりなくしているのだ。ひょっとすると、人にいえぬ悩みを抱えているのかもしれぬ」

「暇にあかせてまたお世話でもなさるおつもりですか？」

「さようなことは考えてはおらぬが、知っている男だけに気になるのだ」

「真面目にはたらいて、真面目に生きているならそれはそれでよいと思いますけれど」

「そうであろうが……」

「あなた様は他人様のことを気にかけすぎなのですよ。それも暇がありすぎるからかもしれませんが……」

また嫌みなことをと、清兵衛はちらりと安江を見て茶に口をつけた。

「……ひょっとすると病持ちかもしれぬな」

清兵衛は顔をあげてつぶやいた。

「それなら医者にかかればすむことでしょうに」

「昔は恰幅のよい体をしていたのだ。それが痩せ細り、げっそりと頰はこけ、顔色もすぐれなかった」

清兵衛は浮かない顔をしていた才次郎を思いだしていった。

「気になるんでしたら、また明日にでもお会いになったらいかがです」

「ふむ、そうだな」

「住まいはわかっているのですか？」

「聞いてきた。昔は本石町にいたのだが、いまは川口町の長屋に独り住まいだ」

「その方おいくつなのです？」

「四十八だ」

「あら、あなた様より少しお若いだけですね」

「少しというが四つだ。四歳の差は大きい。だが、おそらくわしより老けて見えるはずだ」

「お子さんは？」

「いなかったはずだ。いれば倅や娘が面倒を見るだろうが……」

「それじゃ、床に臥せったりしたらお世話をする人がいませんね」

「たしかに。頑丈な体つきだったのに、あの痩せ方は少しおかしい気がする」

清兵衛は宙の一点を見据えて独り言のようにつぶやいた。

「あなた様」

清兵衛は安江を見た。

「なんだ」

「あなた様も世話焼きの病気だと思いますわ。それほどまで気になるのでしたら、明日にでもまたお会いになって、真実どうなのかお訊ねになったらよいのです」

「怒っておるのか？」

安江はそんな顔をしていた。

「いいえ、怒ってなどいませんわ。ただあきれているだけです」

安江は頬をゆるめて笑ったが、目はあまり笑っていないように見えた。

五

才次郎はじっと考え込んでいた。

すでに表は暮れ、長屋のあちこちで亭主や女房、あるいは子供の声がする。笑い声もあれば、子供を叱りつけるおかみの声も聞こえてくる。

「あの人……」

行灯のあかりを見て、思わず声が漏れた。

あの人というのは、昼間会った清兵衛のことだった。まさかこんなところで会うとは思わなかったが、考えてみればここは八丁堀に近い。そのことは越してくる前からわかっていたことだが、顔なじみの同心や知っている小者に会うことはなかった。

よりによってこんなときにと思うが、桜木清兵衛様は隠居しておられる。いまは町奉行所の与力ではない。

（なに、恐れることはねえだろう）

と、自分にいい聞かせるが、才次郎はまたいやな胸騒ぎを覚える。岡っ引き時代は盗人や人殺し、あるいは強請《ゆすり》や掏摸《すり》といった犯罪を取り締まっていた。だが、いま政七の計略に乗って、逆の立場になろうとしている。そんなときに桜木清兵衛に会った。

（間の悪いことに……）

才次郎はちっと舌打ちをして、煙管を吹かした。

日に日に寒さが身にしみるようになっている。手焙りはあるが、これからやってくる冬に備えるには心細さがある。布団も煎餅みたいにうすっぺらだ。

（やっぱ、金か……）

宙の一点を見つめ、かぶりを振って清兵衛のことを忘れようと、竈《かまど》の前に行き薪をくべた。水を入れた鉄瓶を置いて、湯が沸くのを待つ。

飯櫃には冷や飯が入っているので、茶をかけて食べるつもりだ。昨日、煮た南瓜の残りが鍋に入っている。他のおかずといえば梅干しと納豆だ。

鍋の蓋を取り、南瓜の煮物を眺め、これじゃ痩せるわけだと、侘しさが募る。

湯が沸くと、茶を淹れて飲んだ。少し体が温まる。

「才次郎さん、いるかい」

戸口に声があった。

すぐに政七だとわかる。

いるよと返事をすると、政七ががらりと戸を開けて入ってきた。何だか嬉しそうな笑みを浮かべている。

「一杯やろうや。肴も持ってきたんだ」

政七は居間にあがると、持参の徳利を置き、紙包みを広げた。

「ほう、スルメか」

「うちの長屋でもらったんだ。余ってるからって……」

「気前のいいやつがいていいな」

政七の持ってきたスルメは五枚ほどあった。一人では食べきれない量だ。

「ま、やろうや」

政七がスルメを手焙りにのせて酒徳利を差しだす。

二人はスルメを肴に酒を飲みはじめた。

「今日近所で聞いた話がある」

唐突に政七が口を開いた。

「やっぱ大野屋は相当ため込んでいるらしい。五百両は下らねえかもしれねえ」

「……………」

「それに店の造りもだいたいわかった。あの爺さんと婆さんは、店の裏にある三畳一間で寝起きしているが、金壺をその居間の床下に埋めているらしい」

「それを誰に聞いた？」

才次郎は四角い顔にがっちりした顎を持つ政七を眺めた。

「大野屋に出入りしている船頭だ」

才次郎はまずいと思った。

「その船頭とは仲がいいのか？」

「ただの顔見知りだ。やつがてめえの舟の手入れをしているときに声をかけて、世間話のついでにそんな話をしたんだ」

「その船頭はおまえのことをよく知っているのか？」

「だから顔見知りだよ。何でそんなこと聞くんだ」

「店に押し入る前に、そんなことを根掘り葉掘り聞いたら、あとで疑われるのは目に見えている。まさか、大野屋のことを近所で聞きまわっちゃいねえだろうな」

「世間話のついでにしたことはある」

「これからそんなことは一切やめるんだ。大野屋のことはひそかに調べる。誰にも知られちゃならねえ」

「ずいぶん用心深いことを……」

「あたりめえだ。近所で大野屋について探りを入れているのがわかりゃ、あっという間にしょっ引かれる。そうなったら何もかも終わりだ。十両盗んだら首が飛ぶってことを知らねえのか」

「そりゃ知ってるけどよ」

政七は真顔になった。

「間の悪いことに、今日気になる人に会ったんだ」

才次郎は焼けたスルメを裂いて口に入れ、酒を飲んだ。

「気になる人ってェのは……」

「町方の与力だ。風烈廻りにいた人でな。いまは隠居してるが、昔はやり手の与力だった。人殺しや拐《かどわ》かし、盗人《ぬすっと》に強請なんて野郎を何人もしょっ引いてる。にらまれたら逃げ道がねえくらい凄腕だった。立てた手柄は十本の指じゃ足りねえ」

「何でそんな人を知ってんだ？」

才次郎はどう答えようかと、少し間を置いた。政七には自分が岡っ引きだったことは伏せている。

「昔世話になった人だからさ」

「……あんた、脛に傷持っているのか」

政七がじっと見てきた。

「持っちゃいねえさ。昔、おれが住んでいた近所で盗人騒ぎがあって、そんときちょいと助ばたらきをしたんだ」

才次郎はさしさわりのないいい方をした。

「へえ」

政七は驚き顔をした。

「そんとき、いろいろ話を聞いてな。その人が使っていた同心の旦那からも盗人の手口ってのを教えてもらったことがある」

「どんなことだい？」

政七は尻をすって近寄ってきた。興味津々の目つきだ。

「手練《てだ》れの盗人てェのは、まず証拠を残さねえ。押し入るまでは狙った店にも近づかねえし、近所で顔も見られねえようにする。町方は盗人に入られた店を調べるときにゃ、まず使用人を疑う、それから出入りの客や付き合いのあるやつに目をつける。近所への聞き込みは虱《しらみ》つぶしだ。それから入られた店の主が恨みを持たれていなかったか、とにかく何でもかんでも調べる。おめえは船頭に大野屋のことを聞いたといったが、町方はその船頭からも話を聞くだろう。そうなったら、おめえの名が浮かぶってことだ」

「まさか……」

政七は顔をこわばらせた。

「ほんとうだ。やるなら手落ちのないように、絶対誰にも知られねえようにしなきゃならねえ。捕まりゃ打ち首になるんだ。贅沢も楽な暮らしも、それで終わりだ」

政七は黙り込んだ。酒の入っている欠け茶碗を口の前にとめたままだ。

ジジッと行灯の芯が鳴った。

「才次郎さん、船頭のことは心配ねえ。おれはさらっと聞いただけだからよ。ほんとうだ、心配いらねえ。だが、用心しなけりゃな。捕まっちまったらそれで終わりだもんな」

「そういうことだ」

才次郎は酒を飲んだ。

「だけどよ。おれはやるぜ。やろうじゃねえか」

才次郎はそういう政七をまじまじと眺めた。

「すぐってことじゃねえ。だが、あんまり先延ばしにはしたくねえ。十日ばかりの内にってことならどうだ」

「店に押し入りゃ爺さんと婆さんがいる。その二人をどうする？　まさか殺すつもりじゃねえだろうな」

「殺しなんかやらねえさ。縛りつけて声を出せねえようにすりゃいいんだ。おれたちゃ顔を見られねえように頭巾《ずきん》を被る」

「ふむ」

才次郎は酒の入っている欠け茶碗に視線を注ぎ、短い間を置いて顔をあげた。

「本気でやる気なんだな？」

「ああ本気だ。おれたちが浮かばれるためにゃ、それしかねえ。そうだろ」

六

同心たちの出仕時刻は早い。おおむね五つ（午前八時）には町奉行所に入る。だから、清兵衛はいつもより早く家を出た。

会いたいのは元配下の同心・塚本平三郎だった。もし、事件を抱えているなら、町奉行所には寄らず、そのまま調べに行くかもしれない。そうであると会えないが、そこは清兵衛の賭けであった。

清兵衛は北町奉行所へのわたり口である呉服橋のそばで待とうか、それとも楓川に架かる新場橋の袂で待とうか迷った。平三郎の通勤路は知っているから、いずれかで待っていれば会えるはずだった。

結局、より近い新場橋の西詰に近い茶屋に腰を落ち着けた。茶屋は店を開けたばかりで暇そうにしていたが、清兵衛が床几に腰を下ろすと、小女が愛想よく応対してくれた。

　知っている同心に気づかれると面倒なので、葦簀の陰に隠れるようにして橋をわたってくる同心たちに目を注ぐ。

　だいたい小者をひとり連れているが、そうでない者もいた。肩衣半袴というなりだが、外役の見廻り方は着流しに黒羽織だ。それだけで、内役か外役かの見分けがつく。

　内役とは奉行所内で勤務する吟味方や年番方、あるいは例繰方《れいくりかた》だ。外役は定町廻り・臨時廻り・隠密廻りの三廻りの他、本所方や牢屋敷見廻りなどで、清兵衛がいた風烈廻りもそうである。

　茶を飲みながら同心らの出仕風景を眺めていたが、五つの鐘を聞いても平三郎はあらわれなかった。

（調べにまわっているのか……）

　そう推察するしかない。

　茶屋をあとにすると新場橋をわたり、同心らの住む組屋敷地に入った。平三郎は配下の同心だったので、当然屋敷も知っている。

　与力の屋敷はおおむね三百坪ほどだが、同心の拝領屋敷は百坪程度だ。門は木戸門である。門外で一度声をかけ、戸を引き開けて庭に入ると、中間があらわれた。

「これは桜木様」

驚き顔をして腰を低めてそばにやってきた。

「しばらくだな。ちょいと平三郎に用があって来たのだが、留守であろうか？」

「へえ、今朝は早くお出かけになりました」

「調べだろうが、帰りは遅いだろうか？」

「さあ、それはわかりません。ですが行き先はわかっています。お急ぎでしたらそちらにまわられたほうが早いと思います」

「どこだ？」

中間は平三郎の行き先を教えてくれた。それは通油町《とおりあぶらちょう》の自身番だった。

清兵衛は八丁堀をあとにすると、江戸橋をわたり、まだ早朝の賑わいを残している魚河岸を横目に大伝馬町一丁目で右に折れた。その通りをまっすぐ行けば両国広小路に出るが、通油町はその手前だ。

（それにしても久しぶりだな）

清兵衛は歩きながら、ある種の新鮮味を感じていた。このあたりにやってくることは滅多にない。現役の頃は始終見廻っていたが、隠居してからは足が遠のいていた。

通りには見慣れた商家もあれば、代替わりした商家もあった。代替わりしたというのは暖簾や看板を見ればわかる。

まだ朝の早い時分だが、どの商家も忙しそうにしている。荷物を積んだ大八が横町から出てくれば、行商人が足早に歩き去る。客を迎える奉公人、店前に置いた平台に商品を並べている小僧、駕籠屋の前では人夫が地面に座って煙草を喫《の》んでいる。

通油町に入ってすぐだった。自身番の前で、小者に何やら指図している平三郎の姿が見えたのだ。清兵衛が近づいたとき、小者は一方へ足早に去っていった。

「平三郎」

声をかけると、すぐに平三郎が顔を向けてきた。眉を動かし、目を見開き、

「桜木様ではありませんか」

と、今度は頬をゆるめた。

「忙しそうであるな」

「この界隈で付け火があったんです。それも三度です。さいわい小火《ぼや》で終わって

いますが、手口が同じなんでしょっ引かなければなりません」

「手口が同じなら同じやつの仕業であろう。目星はついているのか？」

「疑わしいのが二、三いまして捜しているところです」

「役目の邪魔をする気はないが、少し暇をくれぬか。手短にすむことだ」

平三郎がかまいませんというので、清兵衛は近くの茶屋にいざなった。

風烈廻りは、正しくは「風烈廻り昼夜廻り」という。主な役目は火災予防と治安を乱しそうな輩《やから》の取締りである。冬場になると火事が増えるので、この時季から忙しくなるのが常だ。

「何かお話があるので……」

茶が運ばれてきてすぐ、平三郎が聞いてきた。細面で細身の体つきだが、無外流の練達者である。

「おぬしが使っていた岡っ引きに才次郎という者がいたであろう」

「本石町の者ですね。たしかにいましたが、律儀な野郎でした。預けた手札と十手を返しに来たんです。やつが何か？」

平三郎がすうっと顔を向けてくる。切れ長の目には隙がない。

「おぬしの許《もと》を離れたというのは、当人から聞いておるが、かつての元気がないのだ。いや、偶然会ったので世間話をしたのだが、どうにも気になってな。いまは商家の御用聞きをやっておるのだ」

「商家の御用聞きを……それは知りませんでした。あやつは半年ほど前に女房を亡くしてからおかしくなったのです。塞ぎ込んで仕事ができないと、気落ちした顔でわたしのところへやってきて、やめたいと突然いったのです。なぜだと問えば、やる気が失せたので、このままでは迷惑をかけるのでやめたい、というだけでした。まあ、よくよく考えてのことでしょうから引きとめはしませんでした。いまは別の者が同じ町を預かっているはずです」

「すると女房に先立たれたのが、よほど応えたということなのだろうか」

「他に考えようがありません」

「才次郎のことが心配になったのは、以前は恰幅のいい男だったのに、いまはずいぶん痩せておるのだ。顔色もすぐれず、元気もない。あんなに威勢のよかった男が、急に老け込んだように見えるのだ」

「何か患ってでもいるのでしょうか？」

「それはどうかわからぬが……。もしや、粗相でもやらかしたのではないかと思って、そのことを聞きに来ただけだ」

「粗相はやっておりません。あれは岡っ引きにしてはめずらしく、脛に傷を持たない男でしたし、助仕事を頼むとそつなくこなしていました。根は真面目なんです」

「そうであったか、ならば安心した。困っているようだから何か力になろうと思ったのだが、よからぬ粗相をしているなら考えなければならぬからな。いや、手間を取らせた」

「もうよろしいので……」

「それだけ聞けば十分だ」

「それにしても、ずいぶんご無沙汰をしております。桜木様のお元気そうなお顔を拝見いたし安心し、また嬉しゅうございました。すっかり、お身体のほうはよろしいので……」

「見てのとおりぴんぴんしておる。隠居暮らしにも慣れ、これも悪くないと毎日のんびり過ごしている」

「暇ができた折にでも一度お伺いしたいと思います」

「遠慮などいらぬ。気が向いたらいつでも遊びに来てくれ」

平三郎から話を聞いたせいか、才次郎のことはあまり深く考えないことにした。

たしかに安江がいうように、無用な世話を焼く必要はないのだ。人によってはよかれと思った親切をうるさがられたり、煙たがられたりと、かえって徒になることがある。

それに才次郎は律儀な男のようだ。岡っ引きをやめるときに、手札と十手を平三郎に返している。これはめずらしいといっていいだろう。

岡っ引きのなかには従っている同心の許を勝手に離れたり、別の同心と掛け持ちをしたり、手札を持ったまま行方をくらます者もいる。

才次郎の体のことはともあれ、真面目にはたらいているのならそれでよしと考えた。

七

「この道から入って行きゃ、人に見られることはねえ。路地は二つあるが、こっちの路地は長屋の裏につながっていて……」

例によって政七は大野屋に盗み入る計画を話していた。それも図面を描いてだ。二人の間には政七の描いた稚拙《ちせつ》な図があった。

大野屋の近所の店と路地を描いたものと、大野屋の店の間取りだった。だが、才次郎はぼんやりと聞いているだけだった。

「おい、才次郎さんよ。聞いてるのかよ」

熱心に説明をしていた政七が、筆を持ったまま顔をあげた。

そこは才次郎の家だった。

「ああ、聞いてるさ。だがよ、金を盗んだあとどうする。そのことは考えたか？」

「とっとと逃げるだけさ」

「どこへ？」

「どこへって、そりゃ……」

政七は目をしばたたく。

「甘ェな。大野屋に盗みに入ったあとで夜逃げするように長屋を出りゃ、疑われるのが落ちだ。町方は目の色を変えて行方を追うぜ。逃げ切るためにゃ江戸を離れるしかねえ」

「そうか……」

「仮に大野屋に五百両の金があったとする」

「ああ」

政七が真剣な目を向けてくる。

「金はそっくり小判というわけじゃねえはずだ。二分金に一分金、一文銭や四文銭、いまじゃ使えねえ十文銭も混ざっているはずだ。仮に五百両だとすりゃ、目方はどのくらいあると思う」

聞かれた政七はぽかんと口を開き、目をしばたたく。

「五百両が小判五百枚だと考えてるんじゃねえだろうな」

「そうか。すると目方はどのくらいあるんだ？」

「相当な重さだろう。おそらく一人じゃ抱えきれねえかもしれねえ。そんな重いものを持って逃げるのは並大抵のことじゃねえ」

「二人で運べばどうにかなるだろう」

「大の男が、それも夜中にそんなもんをよっちらよっちら運んでたら、誰かに見られるかもしれねえ。木戸の番太や、番屋の見廻りもある」

「二人で分けて運べばどうにかなるだろう。おれはあんたより力があるから多く運ぶ。それならどうだい？」

才次郎は煙管に刻みを詰め、手焙りの炭火を使って火をつけた。すぱっと吸いつける。

「どこへ運ぶんだ？」

「そりゃあ……」

政七は言葉に詰まる。

「店から新川まですぐだ。舟で運ぶことはできるだろうが、今度は舟をどうするかだ。おめえ、舟を漕げるか？　まあ、漕げたとしてもその舟をどうやって工面する？　船頭を雇うことなんかできねえぜ」

政七は視線を彷徨《さまよ》わせ、それから才次郎に顔を戻した。

「金は床下の壺に入っているはずだ。それを二人で袋に入れ替えりゃどうだ。袋は二つだ。持てるだけの金を入れて逃げりゃいいだろう」

「それは一計だろうが、思いどおりの金高じゃねえかもしれねえ。まあ、小粒（一分金）も入っているだろうが、壺のなかはばら銭だけだろう。それに仕事は急いでやらなきゃならねえ。金の選り好みはできねえな」

「まあ、暗いだろうし……」

「そうさ。手探りで袋に入れ替えたとしても、あとで袋を開けたら一文銭と四文銭ばかりだったら目もあてられねえ」

「だから、そっくりいただいちまうんだよ」

「重いんだぜ」

「だけどやるしかねえだろう。やると決めてんだ」

才次郎は煙管を手焙りの縁にコンと打ちつけた。

「盗みだけなら容易《たやす》いだろう。だがよ政七、大事なのは盗みに入る前と、盗んだあとのことだ。やる前は大野屋やその近所の連中に顔を見られねえようにする。盗んだあとはすぐに家移りしねえで、ほとぼりが冷めるまでこれまでと同じ暮しをする。そうでなきゃ、すぐ手が後ろにまわる。大野屋は大騒ぎするはずだ。ここにもおめえんとこにも町方が訪ねてきて、あれこれ聞くにちげェねえ。そんときゃ白を切るんだが、肚を据えられるか。町方は油断ならねえ。言葉の端々を読み取って、おかしいと思ったりする。臭いと思ったら、目をつけられる」

「町方なんざ屁のカッパだ。何を聞かれたって知らぬ顔の半兵衛だ」

「まだある」

「なんだ？」

政七は真剣な顔をしてにじり寄ってくる。

「金をどこに隠す？」

「そりゃおれんとこの家でいいじゃねえか。縁の下に穴掘って、埋めておくんだ」

「そりゃまずいな。家捜しでもされたらすぐにわかっちまう。見つけられたらいい逃れなんざできねえ」

「だったらどうするよ」

才次郎は短い間を置いて、

「そのことはちょいと考えようじゃねえか」

というのに留めた。

「それでいつやる？」

「そこだ。まあこんなことをずるずる話をするばかりじゃ先に進めねェからな」

才次郎は目を光らせた。それに胸をわくわくさせてもいた。久しぶりに何かをやろうという気になったのだ。

「三日後あたりでどうだ？　三日後は新月で闇夜になる」

政七の言葉を受けた才次郎は、

「よし、それまでじっくり策を練ろうじゃねえか」

と、応じた。

八

一介の隠居侍となった清兵衛の日々は変わることがない。この頃は散歩にも飽きてきた。このままでは体がなまると思い、久しぶりに狭い庭に出て木刀の素振りをし、型稽古で体をいじめた。

往年の勢いはないかもしれないが、足のさばきや腰の動きをたしかめつつ、上段から下段、摺り足を使っての突きなどを繰り返しているうちに息があがり、体がすっかり温もった。

この辺でいいだろうと、縁側に腰を下ろして、晴れわたっている空を眺める。筋状の雲が浮かんでいる。

赤く色づいていた柿の葉はすっかり落ち、枝は割れかけた茶碗の罅のように不規則に伸びている。

「おい」

と、台所のほうに声をかけたあとで、清兵衛は安江が買い物に出かけているのを思いだした。

「茶は一人で淹れろということであるか」

独り言をいって座敷にあがったが、どうせなら「やなぎ」へ行ってうまい茶を飲もうと思った。

着物を着替えて家を出たのはすぐだ。才次郎のことを気にし、平三郎に会ってから三日がたっていた。

歩きながら、散歩に飽きたら稽古をしようと頭の隅で考える。そうだ、たまには真之介の腕をたしかめるのもよいと、勝手に思う。

「桜木様、よい天気ですね」

やなぎへ行くと、いつものようにおいとが愛嬌ある顔で迎えてくれた。

「寒くなったが、たしかによい天気だ。晴れ間のある昼間はよいが、朝晩の冷え込みは少々体に応えるがな」

清兵衛はそう応じてから、この店でもっとも上等な茶を飲みたいといった。

「それなら宇治茶にいたしましょう。香りも味もよいと評判なんです」

おいとがにこにこしながらいうので、それでよいと答える。

茶ごときと思うが、茶もいろいろある。だが、茶屋の茶一杯は高が知れている。安くて四文、高くても十文だ。だが、それには少し色をつけてやるのが礼儀であった。

（少しの贅沢は許されるであろう）

清兵衛は自分を納得させる。

おいとが運んできた茶はたしかにうまかった。色もよいし、香りも好みであった。やはりケチるとうまい茶も飲めぬということか。

酒と同じであるなと、胸中で独りごちる。

床几に座り、茶を味わいながら、道行く人々を何気なく眺める。非番らしい勤番侍もいれば、浪人風体の侍もいる。行商人がすぐそばの稲荷橋をわたっていけば、目の前の湊稲荷から参詣をすませたらしい母娘が出てきた。

と、目をとめたのはすぐだった。稲荷橋の向こうを歩いている男がいた。

（才次郎……）

半纏を羽織り、風呂敷包みをさげていた。どうやら御用聞きの仕事をしているらしい。橋をわたってこちらへ来るなら声をかけようと思ったが、才次郎は高橋をわたり東湊町のほうへ姿を消した。

（地味に真面目にはたらいておればよいだろう）

見えなくなった才次郎のことを思って、また胸中で独りごちる。

茶を飲むと、ついでだからといつものように町をぶらぶらして家に帰ったが、もう日が暮れかかっていた。

「ただいま帰った」

玄関を入って声をかけると、台所から安江の声が返ってきた。

「あなた様、あとでお使いをお願いいたします」

「使い……」

なんであろうかと思い、台所へ行くと、安江が大きめの飯台に入れた飯をかき混ぜていた。それも具だくさんの鮨飯である。

酢で締めた鯖のぶつ切り、椎茸、海老、卵焼きが用意されている。まるい飯台からほこほこと湯気が立っている。それに甘い酢の匂いが鼻腔をくすぐり、見るだけで食欲をそそられる。

「うまそうであるな。真之介にでも届けるのか」

訊ねると、ひょいと安江が顔をあげた。

「いいえ、あなた様が気になさっていた才次郎という方に届けてもらいたいのです」

清兵衛は目をしばたたいた。

「あれからお会いになっていらっしゃらないの。ずいぶん気になさっていたではありませんか。それにわたし、あとで冷たいことをいってしまったと、後悔しているのです。独り身できっと食べるのに不自由されていると思います。たまには、こんなものをいただいてもらったらいかがでしょう。迷惑にはならないと思うのですが」

清兵衛は内心で驚きながらも、安江の思いやりに感心した。

「さようであったか。きっと喜ぶはずだ。差し入れをしてやろう」

「そうしてくださいな」

安江はまた作業に戻った。

清兵衛はしばらく安江を眺め、持つべきは妻であるな、と納得するように頰をゆるめた。

九

清兵衛は提灯を持ち、安江の作った鮨飯を片手にさげ、暗くなった夜道を歩いた。すでに夜の帳は下りており、月はいまにも消え入りそうに瘦せ細っているが、満天にめぐる星はきらめいている。

「やなぎ」の前を通ったが、すでに店は閉められ、ひっそりとしていた。町屋も同じように暗い闇のなかに眠ったように静かだ。

そうはいってもまだ早い刻限である。町屋のところどころには居酒屋や小料理屋の掛行灯のあかりがあり、暗い通りをあわく照らしていた。

才次郎の長屋に入ると、あちこちの家から住人たちの声が聞こえてきた。清兵衛は才次郎の家の前に立って声をかけた。

「どなたです？」

「桜木だ、清兵衛だ」

屋内でバタンと慌てたような音がして、すぐに腰高障子が開かれた。

「夜分にすまぬな。ちょいとよいか」

「ええ……汚いところですが、どうぞ」

才次郎は少し躊躇ってから清兵衛を入れてくれた。

「夕餉はすんだだろうか？」

「いえ、これからおかずでも作ろうかと考えていたところです」

「間に合ってよかった。じつは妻が飯を作りすぎてな。おぬしは独り身だから不自由しているかもしれぬと思い持ってきたのだ」

清兵衛は風呂敷を解き、小振りの飯台の蓋を開けた。

「これは……」

才次郎は目をまるくして、鮨飯と頬をゆるめている清兵衛を交互に見た。

「遠慮はいらぬ。それに少しは日持ちするだろうから、今夜でなくとも明日も食えるはずだ」

「こんなことを。いえ、恐縮でございます」

「飯台は返さなくてよい。あとは好きに使うがよかろう」

「ありがとう存じます」

才次郎は深々と頭を下げる。清兵衛は喜んでもらい満足であった。

「どうだ仕事のほうは？」

「へえ、ぼちぼちやっております。独り身になったんで、そうあくせくすることもありませんし……」

「そうだな」

清兵衛は家のなかをさらっと眺めた。

調度の品は決して多くはない。独り身だからそれで十分なのだろう。居間の隅に仏壇があった。枕屏風のそばには書き物でもやっていたのか、硯と筆、そして何枚かの半紙が畳まれていた。

「あれは女房の位牌《いはい》だろうか？」

清兵衛は仏壇に視線を戻して聞いた。

仏壇の中央に、まだ真新しい位牌が祀られていた。

「さいです」

「亡くなったのは半年ほど前だったらしいが、さぞや辛い思いをしたであろう」

「はあ。まあそれが女房の寿命だったんでしょう」

「会ったことはないが、おぬしの面倒をこまめに見ていたのだろうな」

「そりゃもう……」

才次郎はうつむく。

「子はなかったのだったな」

「できませんでした。ま、それもしかたないことです」

そういう才次郎の目が戸口にちらりと向けられた。表に足音がしたからだ。

「御用聞きは向後もつづけていくつもりか？」

「手に職があればよいのですが、あいにくないので……」

また才次郎は戸口を見やった。

「誰か来るのか？」

「あ、いえ……」

才次郎は視線を外した。おかしい、と清兵衛は思った。

「つかぬことを訊ねるが、どこか具合の悪いところはないか？」

清兵衛は才次郎をまっすぐ見た。

才次郎は視線を泳がせた。なぜだ、とまた清兵衛は思った。

「痩せちまいましたが、具合の悪いところはありません。ご心配いただき申しわけありません」

「そうならよいが、昔はもっと肉付きがよかったし、元気者であっただろう」

「へえ」

「ま、年のせいもあるだろうし、独り身ということもあるのだろう。食うときはしっかり食ったほうが体のためだ」

「ありがとうございます」

才次郎が頭を下げたとき、戸口から声がかけられた。

「才次郎さん」

声と同時に戸が開けられ見知らぬ男があらわれた。

清兵衛と視線が合うと少し驚き顔をして、才次郎を見た。小脇に頭陀袋《ずだぶくろ》を挟み持っていた。

「客か……」

と、男が聞くので、清兵衛はすぐに立ちあがった。

「いや、もう帰るので遠慮はいらぬ」

男にいってから、才次郎に顔を向けた。

「では、またた。今度はわしの家に遊びに来るがよい」

清兵衛はそういって表に出、後ろ手で戸を閉めた。だが、すぐには立ち去らなかった。数歩歩いて立ち止まり、才次郎の家に聞き耳を立てた。

「誰だい？」

「昔世話になった人だ」

「そうかい。侍がいるんでびっくりしたじゃねえか。それよりこれ持ってきたぜ、これなら……」

男は声を途切らせた。「しッ」と、才次郎が注意したからだ。

清兵衛は片眉を動かして、才次郎の家を振り返った。

十

清兵衛は夜道を辿りながら才次郎のことを考えた。表を気にしていたのは、さっき話をするときに落ち着きが感じられなかった。訪ねてきた男の言葉を遮った。の男がやってくることがわかっていたからだろう。

また、会話を聞かれてはまずいと思ったらしく、訪ねてきた男の言葉を遮った。

（あやつ何か企みでもあるのか……）

清兵衛は闇の奥に目を光らせる。こういったときの勘ばたらきは昔からのものだ。

歩きながら訪ねてきた男の風体が脳裏に浮かんだ。職人ふうの着流しに股引。怒り肩で頑丈そうな体つき。強情そうな四角い顔。小脇に頭陀袋を持っていた。

清兵衛のことを誰だと聞いたあと、才次郎が昔世話になった人だというと、

――侍がいるんでびっくりしたじゃねえか。それよりこれ持ってきたぜ、これなら……。

といって、才次郎に言葉を遮られた。

〝それよりこれ持ってきたぜ、これなら……〟

それはどういう意味だ。おそらく頭陀袋のことだろう。

何のために使うのだ？

才次郎は商家の御用聞きをやっている。頭陀袋など必要ないはずだ。

亀島川沿いの河岸道を歩き、高橋から稲荷橋へとわたる。立ち止まって背後を振り返り、引き返して様子を見に行こうかと考えた。

だが、自分の勝手な思いちがいかもしれない。清兵衛はやはり帰ることにした。

家に戻ると、才次郎が鮨飯をたいそう喜んだと安江に報告した。

「それはよかったですわ。余り物ができたときには、また持って行かれたらいかがでしょう。お酒つけますか？　今夜は冷えてきましたからね」

安江は思いやってくれる。こういったとき、妻のありがたみを感じる。

その夜は早く床に就いたが、眠ろうとする矢先に才次郎の浮かない顔が脳裏に甦り、なかなか寝つけなかった。

（あやつ、何か隠し事があるな）

清兵衛は強く思った。おそらくそのはずだ。

才次郎は律儀で真面目な男だ。元気もあり、助っ人仕事もそつなくこなしていた。それが、女房に先立たれたせいか、人が変わったように気を落として見える。肉付きのよかった体は細くなり、頰もこけ顔色もあまりよくない。病気ではないだろうかと心配したが、そうではないらしい。どこか思い詰めた暗い顔が脳裏から離れない。

ひょっとすると、あの男に唆《そその》かされているのかもしれない。頭陀袋を小脇に挟み持ってきた男の風体を思いだした。

翌朝、清兵衛は遅い朝餉をすませると、大小を差さず近所に行ってくると安江に告げ、そのまま才次郎の長屋へ向かった。

亭主らが出かけた長屋は閑散としており、静かだった。才次郎の家も戸が閉められているので、出かけたあとのようだ。

清兵衛は楽な着流しで刀を差していないので、その辺の町人と変わらないなりだ。木戸口で様子を窺い、奥の井戸端で洗い物をしていたおかみが家に消えると、そのまま足を進め、才次郎の家の戸に手をかけた。錠前はないので、戸はすうっと開いた。

さっと家のなかに足を入れた清兵衛は、視線をめぐらした。

昨日とさほど変わったところはない。上がり口に丈夫そうな頭陀袋がまるめてあった。昨夜の男が持ってきたものだ。

(何のための頭陀袋だ)

手を触れず、そのまま居間にあがる。仏壇があり、半纏が掛けてある。枕屏風の裏には布団が丁寧に畳まれていた。そのそばに硯箱と筆があり、半紙が何枚か積まれていた。

そっとめくって見る。

絵図面だ。下手な字がいくつかある。半兵衛は眉宇をひそめた。

(大野屋……)

中心の四角い枠にそう書かれていた。川も描かれている。大野屋を中心に、いくつかの道があり、いくつか丸印がつけられている。

(どこだ……)

清兵衛は思案するがわからない。

ただ、大野屋の近くに「太平屋《たいへいや》」という店名がある。清兵衛はその雑な地図に目を凝らした。川は新川ではなかろうかと推量した。

もし、そうであれば新川河岸のそばだ。

清兵衛は形跡を残さないように三和土《たたき》におり、細く戸を開け、路地に人がいないのをたしかめてから長屋を出た。

そのまま新川の通りへ足を運び、大野屋、あるいは太平屋がないかと、目を皿にしながら歩く。店名の書かれた看板や暖簾に視線を注ぐ。

もし、このあたりでなければ、他の場所である。大野屋と太平屋は川に近い場所だ。ひょっとすると、その川は入堀かもしれない。江戸にはそんな場所が無数にある。

自分の勘が外れることを、心の片隅で祈るようにして思うが、どうにも気になってしかたがない。

それから間もなくのことだった。「太平屋」という看板を見つけたのだ。唐物屋であった。すると近くに「大野屋」があるはずだ。

稚拙な図面を思いだしながら、脇道に入ると、「大野屋」があった。船具屋だ。暖簾越しに店のなかを窺うと、足の踏み場もないほどの舟具足が置かれている。粗末な帳場には、ずいぶん年を取った男が背をまるめて座っていた。

清兵衛の目が光った。まさかこの店に押し入るつもりではと思ったのだ。

（どうするか……）

思案をめぐらしたとき、塩町《しおちょう》の自身番に詰めている書役のことを思いだした。かつて世話をした弥右衛門《やえもん》という書役だ。あの男なら力になってくれるはずと、塩町の自身番を訪ねた。

「あ、これは桜木様ではございませんか」

自身番に入るなり、文机を前に座っていた弥右衛門が顔をあげた。髪に霜を散らし、鼻の両側から口にかけての頰の溝が深い。

「久しぶりである。ちょいと顔を見ておこうと思って立ち寄ったのだ」

「桜木様のことはときどき思いだしていたのです。話は伺っていますが、どうなさっているのだろうかと……あ、これ茶を淹れてくれないか」

弥右衛門は若い番人にそう指図をして、

「元風烈廻りの与力の旦那だ。失礼があってはならないよ」

と、付け加えた。

清兵衛は短い世間話をしたあとで、

「ちょいと頼まれごとをしてもらいたいのだ。気になっていることがあってな」

と、切りだした。

「なんでございましょう?」

「長崎町一丁目に大野屋という船具屋がある。どういう店なのか、主はどんな人柄なのだろうか知りたいのだ。深いわけはないのだが、頼まれてくれぬか」

「何か調べごとでしょうか？」

「たいしたことではない。もうわしは隠居の身だ。気になることがあるだけだ。調べてもらってどうこうするというのではない。その辺のことはあまり聞かないでくれ。そういうことがたまにあるであろう」

「はあ」

弥右衛門は納得した顔ではなかったが、それでは早速にもと腰をあげた。

十一

仕事から帰ってきた才次郎は、一日の疲れを癒やすように茶を淹れて飲んだ。ホッとするひとときであるが、今夜のことを考えると、にわかに胸の鼓動が速くなる。

良心の呵責は捨てたつもりだが、心の隅には、やめるならいまだという思いもある。反面、うまくいけば政七がいうように楽な暮らしができる。

女房に先立たれてからは、地味で質素な余生で十分だと思っていたが、政七と知り合ってから、また政七に今夜やることを打ち明けられてから、少しずつ気持ちが変わり、いまや政七より乗り気になっている。

大野屋に押し入るにあたって気をつけなければならないことは、政七に口酸《くちず》っぱくいってある。手はずどおりにやれば、うまくいく。失敗はないという自信もあった。

日が暮れると行灯をつけて酒を一杯だけ飲み、桜木清兵衛が差し入れてくれた鮨飯の残りを平らげた。それが最後だった。

（うめえ……）

こんなうまい鮨飯は久しぶりだった。死んだ女房も滅多に作ってくれなかったが、その女房のよりうまい気がした。

平らげると手を合わせて、「ごっつぁんでした」といって、飯台をきれいに洗った。清兵衛は返さなくていいといったが、そういうわけにはいかない。

今夜うまくいったら手土産を持参して礼に行こうと思った。

町木戸が閉まるまで暇である。才次郎は六つ（午後六時）の鐘を聞き、煙草を喫んだり、細引きや頭陀袋をたしかめたりした。普段なら五つ（午後八時）には床に就くが、今夜はそういうわけにはいかない。

やけに刻のたつのが遅く感じられる。もう一杯酒をと思ったが、これからのことを考えて茶にした。茶の飲み過ぎだ。

もはや面倒なことは考えないことにした。大野屋に押し入り、うまく金を盗んで、静かに暮らす。政七にも十分いい聞かせている。

金を分けるのも先のことだ。盗人が入ったと大野屋が騒いでも、才次郎と政七はそれまでと変わらぬ暮らしを一月はつづける。その頃にはほとぼりが冷めている。

家移りをして、気ままな楽な暮らしをするのはそれからだ。

この年になって、何だか悪党の気持ちがわかる気がした。

四つの鐘が空をわたったのを耳が捉えると、才次郎は寝間着に着替え、その日買ってきた里芋と大根を向かいの家に持って行った。

「もらいもんだから遠慮はいらねえよ。それにおれは独り身だから食い切れねえんだ」

そういってわたすと、おかみはすみませんね、それじゃいただきますといって頭を下げた。才次郎は「ふわー」と、欠伸をして、眠くてしょうがねえ、それじゃお休みといって自分の家に戻った。

再び着替える。股引を穿き着流しを尻っ端折りする。懐に細引きと頭陀袋を入れた。

だが、出かけるにはまだ早い。それから一刻がたつのがやけに長く感じられた。

九つ（午前零時）の鐘が鳴った。それが合図で政七も家を出ることになっている。

才次郎は戸を少し開くと、長屋の路地に目を光らせた。家の灯りはどこもこぼれていない。話し声の代わりに、隣の家から鼾《いびき》が聞こえてきた。

足音をひそめ、誰にも気づかれないように長屋を出た。新月の夜だから闇が濃い。満天に星は散らばっているが、町屋全体は黒い闇に呑み込まれていた。

才次郎は暗がりに目が慣れると、木戸の番人や番屋の夜廻りに出会わないように細心の注意を払いながら、おのれの身を闇に溶け込ませて大野屋のそばまで行った。

「こっちだ」

暗がりで政七のひそめられた声がした。見当をつけてそちらを見ると、しゃがんでいたらしい黒い影が立つのがわかった。

「人に見られちゃいねえな」

才次郎はそばに行って低声《こごえ》でたしかめた。

「ああ、ちゃんと隣の家に土産もわたしたよ。おれは寝ていることになってい
る」

「それでいい。それじゃやるか」

才次郎は先に歩いた。

懐から細引きを出して、意を決した。もう引き返すことはできない。やるだけ
だ。肚は決まっていた。

まっ暗な路地に入り、大野屋の裏口に近づいた。息をひそめ、耳を澄ます。物
音ひとつしない。

「寝てるようだ」

低声で政七を振り返ると、小さくうなずくのがわかった。

「やるぜ」

囁き声を漏らして戸に手をかけた。

「おい」

突然闇のなかから声が湧いたので、才次郎は心の臓が口から飛び出すほど驚い

た。政七も地蔵のように体をかためていた。

「こういうことであったか」

清兵衛はいうが早いか、あかりが漏れないようにぶら提灯に被せていた風呂敷を外した。心底驚いた顔をしている盗人が目の前にいた。

才次郎と政七だ。

「誰だ」

政七はそういうが早いか、清兵衛に突進してきた。狭い路地だが、清兵衛はさっと身をかわすと同時に、政七の足を払って倒し、後ろ首に手刀を見舞った。

政七は「うっ」とうめいて、そのまま気を失った。そのことはたしかめもせずに、身動きできないでいる才次郎をにらんだ。

「桜木様……」

才次郎は声をふるわせた。

清兵衛はぶら提灯のあかりで才次郎を照らし、後ろ襟をつかむと、

「表に出るんだ」

と、うながした。

ふるえあがっている才次郎はおとなしくしたがった。表に出ると、さっと才次郎の体を触り、得物がないかをたしかめた。刃物の類いは持っていなかったが、頭陀袋を腰に巻き付け、懐に細引きを入れていた。

細引きを奪い取ると、

「政七を縛るんだ」

と、命じて再び路地に戻った。才次郎が気を失っている政七を細引きで後ろ手に縛ると、もう一度表へうながした。

「桜木様、申しわけありません」

才次郎は声をふるわせてあやまったが、清兵衛は応えなかった。無言の圧力である。黙って歩けとうながす。

「どこへ行くので……」

「歩け。余計なことは口にするでない」

そのまま才次郎を歩かせ、木戸番小屋の前で立ち止まった。

「大野屋の裏の路地に人が倒れている。酔っ払いかもしれないが、たしかめたほうがいい」

清兵衛がそういうと、番人は「ほんとうですかい」と、眉を上下させた。

清兵衛はそのまま木戸番小屋を離れ、才次郎を歩かせつづけた。

十二

才次郎を連れていったのは自宅屋敷だった。

歩くうちに観念したらしく、すっかり萎れていた。

「あがれ」

清兵衛は才次郎を座敷にあげ、驚き顔でやってきた安江に、二人だけの話があるといって人払いをした。

「どうも妙だと思ったら案の定であった」

清兵衛はがっくり肩を落としている才次郎を見ながらつづけた。

「おぬしの変わりように驚きもしたが、昨日はおぬしの様子がおかしかった。まさかとは思ったが、わしの勘が久しぶりにはたらいてな。それでたしかめてみたのだ」

清兵衛は才次郎の家に入ったこと、そこで見た絵図面、政七が抱え持っていた頭陀袋などに不審を覚え、塩町の自身番で大野屋のことを調べさせたことなどをかいつまんで話した。

「大野屋は近所では悪評高い吝嗇家《りんしょくか》だった。そして金をため込んでいるという噂がある。店は老夫婦二人でやっている。盗人が目をつけるなら恰好の店であろう。されど、これまであの店に盗人が入ったことはない。そのことはおぬしも調べていたはずだ。そうであろう」

才次郎はうなだれたままうなずく。

「政七のこともすぐに調べがついた。あやつ、河岸人足をやっていたが、喧嘩沙汰を起こして差配に暇を出された男だった。まあ、そのことはおぬしに話しても詮無いことであろう。大野屋に入ろうと持ちかけたのは、誰だ？　おぬしか、それとも政七であるか？……黙っていないで何もかも白状するのだ」

「申しわけありません。その気はなかったのですが……」

才次郎は声をふるわせながら、途切れ途切れに政七と出会ってから、大野屋の金を盗む計画を立てたことを話した。

「気乗りしなかったが、策を練るうちにその気になったというわけか。情けないことだ。わしもそうであるが、おぬしも元は悪党を取り締まる側であったのだ。あきれるにもほどがある。女房に死なれ焼きがまわったか。はっきり聞いておらぬが、なぜ手札と十手を平三郎に返した。おぬしはやり手の岡っ引きだった。それはわしも知ることだ。それなのに、たわけたことを考えおって。何がおぬしの身にあった。こうなったことにはそれなりの事情《わけ》があるはずだ」

才次郎は何度も唇を嚙みしめ、それからぽつりと言葉を漏らした。

「あっしにもよくわからないんですが、支えをなくしたからだと思いやす」

「支えを……」

「死んだ女房にあっしは散々なことをしてきました。悪たれ口をたたき、飯がまずければケチをつけて茶碗を投げ割り、自分のことは棚にあげ女房のできの悪さを罵りました。ときには手をあげて、打ちつけもしました。それなのに、女房は口答えもせずおとなしくあっしのいうことを聞いておりました。生きてるときには女房のことなど気にもしなかったんです。ところが死なれてみると、女房がいかに大事だったかということが身にしみるほどわかったんです。あっしは女房に冷たくしたことや、亭主らしいことをなにひとつできなかったことを悔いました。あいつがいたから、あっしは生きてこられたんだということがわかったんです。文句のひとつもいわずについてきた女房は、はいはいといいながらあっしの支えになっていたんです。そのことに気づくと、ぽっかり胸に穴が空いたような心持ちになり、何も手につかなくなっちまいました。いっそのこと女房のあとを追って死んじまおうかと考えたこともありました。ですが、そんなことすりゃ、先に逝った女房をかえって悲しませることになると思い、こっちに越してきて細々と御用聞きの仕事をしていたんです。桜木様、情けない、あっしはほんとうに情けない男です。どうぞ、遠慮なくしょっ引いてくださいませ。申しわけもありませんで……」

才次郎はくくっと声を詰まらせて、肩をふるわせ、涙を畳に落とした。

「魔が差したということか。政七に出会わなかったなら、大野屋を狙う話が出なかったなら、おぬしは地味な暮らしをつづけていたというわけだ」

「面目もないです」

清兵衛はうなだれて小さな嗚咽を漏らす才次郎を、醒めた目で眺めた。

「才次郎」

「……へえ」

才次郎は泣き濡れた顔をあげた。

「もう一度やり直せ。おぬしならできる。今夜のことはなかったことにするのだ」

「ヘッ……」

「わしは隠居の身だ。おぬしをしょっ引くことなどできぬ。また、おぬしは大野屋の裏口へは行ったが、何をしたわけでもない」

才次郎は大きく目を見開き、信じられないという顔になった。

「おぬしは律儀で真面目な男だ。わしもよく知っている。おぬしなら心を入れ替えることは容易かろう。まちがったことをすれば先に逝った女房を悲しませることになると、そのようなことを口にしたではないか。その気持ちを忘れずに、明日からまた真面目にはたらくのだ。どうだ、できるか？」

「は、はい」

「政七は番人に起こされ、狐につままれたと思っているかもしれぬが、あやつにはおぬしからよくよくいい聞かせろ」

「はい」

「わしは今夜は何もなかったことにする。夢でも見たと思うことにいたす」

「さ、桜木様……」

才次郎はそのまま突っ伏して、ありがとうございます、ありがとうございますと、涙混じりの声を漏らした。

「夜道は暗い。提灯をやるから持って帰れ」

平身低頭しながら才次郎が帰ると、奥の間に下がっていた安江が出てきた。

「遅くまですまなんだ」

「さようなことでございましたか」

安江はふっと小さく息を吐き、

「お腹は空いていらっしゃいませんか。すぐに支度をいたしますが……」

と、思いやったことを口にした。

「いや、こんな夜更けに迷惑であろう」

「いいえ、わたしは夫を支える妻でございます」

安江はそういってにっこり微笑んだ。やさしい笑みであった。

第四章　板前

一

梅三郎《うめざぶろう》のお気に入りの店は、「長兵衛《ちょうべえ》」という大富町の縄暖簾だった。勤めていた店をやめてからは毎日のように通い詰めている。

何より酒が安い。一合二十文、田楽は一本二文、他の料理は八文均一であった。いまや仕事のない梅三郎にとってはありがたい店だった。

しかし、話しかける客は一人もいない。もっとも見知らぬ客と話をしたいとも思わないし、自分から声をかけることなどまずしない男だった。

代わりに酒がまわってくると、呪文のようなつぶやきを漏らす。他の客はそれを気味悪がっているが、当人はまったくそんなことには気づいていなかった。

店の客はいろいろだ。職人・貧乏侍・商家の奉公人・行商人・日雇い・船頭・馬方などで賑わっている。

店は床几もあるが、座れない者は立ち飲みである。一合の升酒を片手に、田楽を持って飲む。笑いがはじけたり、わざと憎まれ口をたたいたりする者もいる。

梅三郎はいつも店の隅で立ち飲みをする。その夜も同じだった。升酒が空になると、板場に近づき、主にもう一杯だと注文する。

ぶつぶつと独り言をつぶやくが、他人に迷惑をかける男ではない。それに下膨れの顔に小さな目、胡座《あぐら》をかいた鼻は、なんとなく愛嬌がある。ただ、顔つき全体は他人に暗い印象を与える。

二杯目の升酒を飲みほした頃から、梅三郎は例によってつぶやきはじめた。

「ふざけるな……おれが何をしたってんだ……馬鹿にしやがって……」

囁くような低い声なので、周囲の会話や笑い声でかき消されはするが、近くにいる者は気味悪がったり、いやな野郎だと一瞥して場所を変える。

「おれの料理は天下一なんだ。え、そうだろ。それをまずいだと……どの面さげていいやがる」

ぶつぶつした繰り言はやむことがない。料理のことを口にするのは、梅三郎が板前だからである。つい先日までは「萬清楼《まんせいろう》」という木挽町の高級料理屋ではたらいていた。

しかし、梅三郎は元は武家の子である。父親は浦垣彦右衛門《うらがきひこえもん》という七十俵取りの幕臣であった。もっともお役のない小普請で、徳川将軍家の家来としてはずっと下の端くれの格なので、次男の梅三郎の出世など生まれたときから望めなかった。

次男なのに、梅三郎と「三」がつくのは、すぐ上に早世した兄がいたからである。武家社会にあって次男三男の将来はあかるくない。

家督は長男が継ぐと決まっているからだ。あとに生まれた者は、良家の養子に入るか、おのれの才覚で道を拓くしかない。

しかし、浦垣家はお役にもつけない下っ端である。梅三郎は物心ついた頃から、いずれは職人になれといわれて育ってきた。そして数え十三で浅草にある精進料理屋「伊勢忠《いせちゆう》」に奉公した。

一人前の板前といわれる「本板」になるまでには長い修業がある。入りたては追廻し（使い走り）や洗方の下仕事だ。

一流店になると、その後、八寸場・蒸場・揚場・向板・焼方・椀方・煮方（立鍋）・二番（脇板）・親方（本板）などと出世していく。

梅三郎はもともと器用だったのか、それとも料理の才が備わっていたのか、二十歳にして焼方になり、二十四で脇板になった。

そして、二十五のとき木挽町の萬清楼に引き抜かれ、料理の腕を存分に発揮していたのだが、周囲との折り合いが悪く、ついには親方と呼ばれる板前頭に嫌われ、また萬清楼の主にも愛想を尽かされ、暇を出されたのだった。

梅三郎は四杯目の升酒にかかっていた。まわりにいた客の顔ぶれは入れ替わっているが、そんなことには気づいていない。

酔いのまわる頭に浮かぶのは、憎々しい親の顔や長男・松太郎《まつたろう》だ。父親の彦右衛門は将軍家の下っ端の家来で役にも就いてなかったが、松太郎は徒組《かちぐみ》に仕官できた。その後、支配勘定方に出仕したときに算用の能を認められ、勘定所通いをしている。これは異例の出世といえた。

だから、松太郎はそのことを鼻にかけ、弟の梅三郎を見るたびに、自慢話をし説教を垂れる。聞きたくもない話を聞かされ、最後にはああしろこうしろであるから、もう何年も会っていないし、会いたいとも思わない。

それでも兄・松太郎のことを根に持っている。親に対しても根に持っている。

それだけではない。自分に関わった多くの者に、恨みを抱いていた。

「おりゃあ……執念深いんだ……へん、忘れるもんか……」

ぶつぶついいながらぐびりと酒を飲む。手の甲で濡れた唇を拭い、据わった目で板壁の節穴をにらむように見るが、ひとつの穴が二つにも三つにも見えてきた。

その穴が、萬清楼の主の顔や親方の顔に見えたりする。

「人を安く見やがって……てやんでェ……」

田楽二本を食べただけで、あとは酒ばかりなので酔いがやたらまわってきて、立っているだけでもふらついてきた。

「お兄さん、そろそろ仕舞いにしちゃどうです」

店の主がそばにやってきてそういうので、梅三郎はあやしい呂律で「勘定だ」といったつもりだが、「かんしょうだァ」になっていた。

ふらふらした足取りで夜道を辿る。その間にもぶつぶつと繰り言をつぶやいていた。住まいは南八丁堀二丁目だから、長兵衛からさほどの距離ではない。

しかし、酔っているので足は思うように進まない。ついには商家の軒柱にもたれ、天水桶の脇に倒れるように転び、そのまま暗がりで横になった。風は冷たく、寒さが増しているが、酒に酔い火照《ほて》った体に気持ちよかった。

目をつむり、ふうと吐息を吐く。気持ちいいなあと、胸中でつぶやいたとき、近くで人の声がした。

「……出せといってんだよ。ちゃんと拵《こしら》えて……」

「ご勘弁を……これきりにしてくれませんか」

「……嘗めたことといいやがる。……さんざんいい思い……」

「てめえ、これで……」

梅三郎は酔っているので、すべての会話は聞き取れないし、聞き耳を立てる気もしない。小さな吐息をつき、両手を使って半身を起こし、ふらふらと立ちあがると、

「うへへへ……」

と、奇妙な笑いを漏らし、そのまま長屋の路地に入った。

背後で驚き声がしたのはそのときだった。

「あ、あの野郎……」

「どうする？」

そのとき、梅三郎は厠から戻ってきた隣の亭主と顔を合わせていた。

「なんだい今夜もご機嫌だね。羨ましいかぎりだ」

亭主はそのまま自分の家に入った。梅三郎も自分の家に入って、そのままバタンと居間に倒れ込んで鼾をかきはじめた。

二

清兵衛はその日、ずっと家にいた。

数日前にうまい縄暖簾があるという話を、散歩の途中で聞き、それは是非とも行ってみたいと思ったからである。

昼食のときに、反応を窺うように安江にそのことを伝えた。昼も出歩き夜も出歩くようになるのですかと、目くじらを立てられるかもしれないと危惧していたが、

「どうぞ行っていらっしゃいませ。たまには夜遊びで気も紛れましょう」

と、あっさり了解してくれたのだ。

だから午後は自室に籠もったり、庭に出て木刀を振ったりして暇をつぶした。

聞いた店は縄暖簾で「長兵衛」といい、自宅からさほど遠くない大富町にあるという。昼間にでもその店の場所をたしかめておこうと思ったが、一旦家を出る

とあちこちに足を伸ばしそうなので我慢していたのだ。

長兵衛は酒もうまいが、料理も安くて絶品だという評判である。日が暮れる前から待ち遠しくてしかたなかった。

七つ半（午後五時）頃には暗くなるが、清兵衛はまだ宵の口だと自分にいい聞かせ、六つ（午後六時）の鐘を聞いてから家を出た。

季節はもう冬に入っている。綿入れの羽織をつけているが、思わず風の冷たさにぶるっと肩を揺すった。

（なに、熱い酒をきゅっとやれば、この寒さも吹き飛ぶであろう）

朝からこのときが来るのを待っていただけに、暗い夜道を歩くのも楽しかった。提灯で足許を照らし、ときどき遠くに目をやる。

提灯を持った侍や町人と出くわす。通りには夜商いをする居酒屋や料理屋の灯りが縞目を作っていた。

月が流れる雲に隠れたり、姿をあらわしたりしていた。遠くから犬の遠吠えが聞こえてくれば、大名屋敷地から梟《ふくろう》の声も聞こえてきた。

近くには近江膳所《ぜぜ》藩や信濃須坂《すざか》藩の上屋敷もあれば、彦根藩の蔵屋敷もある。屋敷塀から松や楠や檜、あるいは葉を落とした桜や柿の木がのぞき、黒い影となっている。

石垣の上に拵えられた白い築地塀《ついじべい》に、提灯のあかりでできた自分の影が映る。

南八丁堀の先は火除《ひよけ》のための広小路になっている。大富町は真福寺橋の手前、京橋川（八丁堀）沿いと、三十間堀沿いにもある。

（どちらであろう）

立ち止まった清兵衛は広小路に目を配る。まだ夜は早い時間なので、まばらながらも黒い影となった人の姿がほうぼうにある。

縄暖簾や小料理屋の灯りは、ひとつ二つではない。

（さて、どこであろうか）

ゆっくりと歩きながら店の暖簾や看板、あるいは軒行灯を見ていく。店内から楽しげでにぎやかな声が表に漏れている。

（あった）

三十間堀沿いのほうで見つけた。腰高障子にも掛行灯にも「長兵衛」の文字。「さけ　さかな」と添え書きもある。

早速暖簾をくぐり引き戸を開けて店のなかに入った。侍もいれば職人もいる。その他にも行商人らしい男や人足姿の客もいた。

さほど広くはないが、女中が客の応対をし、板場から料理や酒を運んでくる女もいる。板壁には品書きが貼られていて、なるほど安いと感心した。

安くてうまい、という話を聞いたが、ほんとうのようだ。近くに来た女中に酒を注文した。熱燗である。ついでに、この店の自慢の料理はなんだと聞くと、

「なんでもおいしゅうございます。田楽は安くてすぐに出てしまいますけれど、今夜は蛤《はまぐり》鍋などいかがでしょう」

勧め上手な女中らしい。

清兵衛はそれを頼むといい、ついでに葱ぬたと田楽二本を追加した。

立ち飲みは慣れていないので、あいている床几を見つけ、先に座っている客に断り、間に入れてもらった。誰もが酒を飲み肴をつまみ、冗談をいっては高笑いをしたり、真面目顔で話し込んだりしている。

燗酒が先に来たのでゆっくり飲みはじめる。朝からこのときを待っていたので、喉を滑り胃の腑に落ちる酒がなんともいえない。

葱ぬたと田楽が運ばれてきたので、早速ぬたをつまむ。

おお、うまいではないか。味噌と酢の加減が丁度いいし、葱の味も活きている。田楽も甘すぎず辛すぎず、絶妙な舌触りだ。

（いける）

一人納得し頬をゆるめる。

一合ほど飲んだとき、蛤鍋が運ばれてきた。小鍋仕立てである。蓋を開けると、ぐつぐつとまだ煮えていて、ほわっと立ち昇った湯気が顔を包む。

蛤をつまむ。うまい。酒が進む。壁の品書きを眺める。

（これなら毎晩きても飽きないだろう）

いつこの店はできたのだと思案するが記憶にないので、そう古くはないはずだ。庶民のための店といっても過言ではなかった。隠居の身にはありがたい。

客はさまざまだが、店の隅にいる男に目がとまった。壁を向いたきりぶつぶつと何か独り言をいっていたと思うと、今度は体の向きを変え、据わったような目を宙に彷徨わせ升酒を飲み、そしてまた小さく口を動かして、何やらつぶやいている。

その男の隣にいる客が、迷惑そうな顔をして離れていった。だが、男は気にとめることなくまた壁を向き独り言をいっているようだった。

蛤の身がうまい。塩味か……。いや、それだけではないなと、感心しながら蛤鍋を堪能した。誰か話しかけてくれれば、付き合うつもりだったが、清兵衛は脇差を差しているのでひと目で侍だとわかる。町人の客は侍に気が引けるらしく、話しかけてはこなかった。

都合三合の酒を飲んで、もう一合注文しようかと迷い、

（ええい、ままよ。どうせ明日もやることのない暇な身だ）

と、自分にいい聞かせ、酒を追加した。

そのうち、よい心持ちになった。料理も堪能したし、酒もうまかった。

勘定をする段になったとき、独り言をいっていた男がふらついた足取りで目の前を通り、店を出て行った。ちらりと目があったが、男は気にするふうでもなかった。

酔ってはいたが、なんともいえぬ愛嬌のある顔をしていた。

勘定をすませて表に出ると、酒で火照った体に風が気持ちよかった。酩酊はしていないが、少し酔いを醒まそうと考え、遠まわりをすることにした。

京橋川沿いの道を選び、暗い河岸道を歩く。川岸の柳が洗いざらしの女の髪のように揺れていた。

南八丁堀一丁目を過ぎようとしたときだった。すぐ先で三つの黒い影が忙《せわ》しく動いている。罵りの声が聞こえたと思ったら、一人の男が地面に倒れた。

「白ばっくれるんじゃねえ！」

「てめえ、盗み聞きして笑ったじゃねえか」

そういうのは二人の男で、地面に倒れた男を足蹴にしていた。

「これ、何をしておる！」

清兵衛が声をかけると、二人の男がギョッとした顔を振り向けてきた。

「喧嘩ならいざ知らず、倒れた男をいいように足蹴にするとは見逃せぬ所業」

清兵衛は提灯を掲げて、二人の男をにらんだ。二人とも与太者風情だ。目つきも悪ければ、人相も褒められたものでなかった。

「けッ、とんだ邪魔が入っちまった。常《つね》、行くぜ」

一人がそういうと、もう一人は地面にうずくまっている男に、ペッとつばを吐き、

「これですむと思うな」

と、捨て科白《ぜりふ》を吐いて、足早に去っていった。

三

「おい、大丈夫か？」

清兵衛はうつ伏せになっている男の体を起こした。

男はうめきながら顔を向けてきた。小さな目は胡乱《うろん》げで焦点が定まっていない。

「おぬしは、長兵衛にいた客だな」

清兵衛は気づいたが、相手は首をかしげ、顔をゆがめた。唇が切れ、鼻血を流していた。

「痛ェ……痛ェな……ちくしょう……」

「いま血を拭いてやる。家はどこだ？」

清兵衛は自分の手拭いで男の血を拭き取った。

「しっかりしろ」

「うへへ……」

男はへらへらした笑いを漏らしていたが、急に真顔になり帰らなきゃといって立ちあがり、そのままよろけて倒れそうになった。

清兵衛が手を伸ばして支えなければ、倒れたはずだ。

「とんだ酔っ払いだな。どれ、手を貸してやる。家に案内するのだ。自分の家はわかるな」

「すぐそこでさァ」

男は覚束ない足取りで前へ進む。

しばらく行ったところに長屋の木戸があり、そこへ入った。清兵衛はどこだどの家だと、男に聞く。

「こ、ここです。へへッ」

腰高障子には梅三郎という名が書かれていた。

戸を開けてやると、梅三郎はふらふらと三和土に入り、そのまま前のめりに倒れた。

「おい、しっかりするのだ」

清兵衛は柄杓《ひしやく》で水をすくって飲ませた。

梅三郎は喉を鳴らして飲んだが、またうつ伏せになる。眠い、とつぶやく。

「さっきの男をおぬしは知っているのだな。因縁をつけられていたようだが、何があったのだ？」

「…………」

梅三郎は顔を横に向けたが、目をつむっていた。

「このままでは風邪を引いてしまうぞ」

そういっても、梅三郎は返事もせず、そのうち小さな鼾をかきはじめた。

「しようもない男だ」

清兵衛は家のなかを眺め、無造作に畳まれている夜具を見ると、居間に上がり込んで布団を延べてやった。そこへ梅三郎を寝かせ、しばらく様子を見たが、目を覚ましそうにない。

朝まで付き合っているわけにはいかないので、そのまま梅三郎の長屋を出たが、二人組のことが気になった。

一人は去り際に、「これですむと思うな」という捨て科白を吐いた。つまり、もう一度梅三郎は襲われるということだ。

あの二人組と梅三郎がどんな関係なのかわからないが、気になる。それにしてもさっきのことで、

「すっかり酔いが醒めてしまったわい」

と、独り言を漏らした。

翌朝、清兵衛は朝餉をすますと、そのまま梅三郎の家を訪ねた。

「どなた様で……」

梅三郎は清兵衛の顔を見てきょとんとした。酔いは醒めているようだが、思い出せないのだ。それに唇やこめかみのあたりが赤黒く腫れていた。

「昨夜、長兵衛で飲んでいたであろう。その帰りに、おぬしは二人の男に襲われたのだ。その顔の傷が何よりの証拠だ」

「あっしが……襲われたんですか……」

梅三郎は狐につままれたように目をしばたたく。

「そうだ。さんざん殴られ足蹴にされていた」

「どうりであちこちが痛いと思いました」

梅三郎は太股や腰のあたりをさすり、切れている唇を指先で撫で、

「それでお侍は……」

と、真顔を清兵衛に向けた。

「わたしは本湊町に住んでいる桜木清兵衛と申す。長兵衛の評判を聞いて、昨夜行ったのだ。店でおぬしを見かけたし、帰り道でおぬしが襲われているのを見たのだ。襲ったのは二人だ。相手に覚えはないか？」

「いやあ……」

梅三郎は小首をかしげる。

「相手はこれですむと思うな、と捨て科白を吐いたが、いざこざでも起こしているのか？」

「いえ、そんなことは何もありません」

梅三郎は小さな目をしばたたく。

「だが、相手はおぬしのことをよく知っているようであったが……」

「どんな男たちでした？」

「遊び人ふうだった。人相もよくなかった。年はそうだな。おぬしと同じぐらいであっただろうか……」

「名前はわからないんですね」

「わからぬ」

梅三郎は視線を泳がせながら短く思案したが、

「いやあ、さっぱり覚えていませんで……起きたら朝でしたし、体のあちこちが痛いし、痣ができているんで、てっきり酔って転んだんだと思っていたんです」

と、腰のあたりをさする。

「おめでたいやつだ。因縁をつけられるようなことに心あたりはないか？」

「そんなことはありません。あ、ひょっとすると、桜木様はあっしを助けてくださったので……」

「わたしが気づかなかったなら、もっとひどい目にあっていたかもしれぬ。だが、あの者たちはもう一度おぬしを襲う腹づもりのようだ」

「なぜそんなことを？」

「それはわたしが聞きたいことだ」

梅三郎は痛い思いをしたくせに、何も覚えていないようだ。

「とにかく酒はほどほどにしておいたほうがよい。飲み過ぎれば体にも障る。それで仕事は何をしているのだ？」

清兵衛は上がり框に腰掛けた。

「いまは何もしておりません。仕事の口を探しているところです」

「職人か？」

すぐそばに紫縮緬の袱紗《ふくさ》に包まれた包丁がのぞいていた。よく手入れされた包丁だとわかった。

「板前です。勤め先をやめたばかりでして……」

「まさか、その勤め先で粗相をしているのではあるまいな」

「そんなことはしておりません。どうして、そんなことをお訊ねになるんです？」

「おぬしはまた襲われるかもしれぬのだ。おぬしが覚えていなくとも、相手は覚えているのだ。もし、命を奪われるようなことになったらいかがする」

「まさか、あっしが殺されると……」

梅三郎は小さな目を見開いて、顔をこわばらせた。

「昨夜の二人組は悪人顔をしていた。わたしは冗談や脅しでいっているのではない」

「しかし、あっしはまったく思い出せないんです。あっしを憎んだり、嫌ったりしているやつは何人かいますが、人殺しをするような人たちではないので……」

「なぜ、おぬしは憎まれたり嫌われたりする？」

「……そりゃあ」

梅三郎はいい淀んだあとで、清兵衛のこともよくわからないから話せることではないといった。

「ですが、助けていただいたようで、申しわけありません。このとおり、お礼を申します」

梅三郎は居住まいを正してから、あらたまった顔で頭を下げた。

梅三郎と話をしても埒《らち》があかないので、清兵衛は一旦引きあげたが、昨夜の二人組が気になる。

梅三郎は襲われることに心あたりがない。だが、相手はちがう。

四

(どういうことだ……)

清兵衛は八丁堀の畔に立ち、寒空を見あげる。

遠くの空を雁の群れが飛んでいた。視線を下げれば陽光を受ける川面がさざ波を立てていた。

清兵衛は昨夜の二人組の顔を脳裏に浮かべ、梅三郎に害が及ばぬように捜してみようと考えた。未然に犯罪を防ぐのが町奉行所の務めであるが、乱暴をはたらかれても、当人が訴えないかぎり、町奉行所は動かない。

梅三郎は相手のことも暴行を受けたことも覚えていない。よって、昨夜の二人は何の咎めも受けない。

だが、清兵衛は知っている。

（あやつら、もう一度梅三郎を襲うはずだ）

そうさせてはならないと、元与力という立場にあったからそんなことを考えるのではなかった。清兵衛の正義感がはたらくのだ。

だが、昨夜の二人の顔はわかっていても、名前も住まいも仕事もわからない。

（どうやって捜すか……）

清兵衛は思案しながら懐手をして歩いた。

足は稲荷橋のほうに向いていたが、ふと立ち止まって背後を振り返った。

昨夜の二人は梅三郎の家を知っているのではないか。もし、知っているなら長屋に押しかけるかもしれない。

「まだ、何かあるんで……」

引き返してきた清兵衛に、梅三郎は意表をつかれた顔をした。

「おぬしを襲った二人組だ。この家を知っているなら、殴り込んでくるやもしれぬ」

「そんな」

梅三郎は顔を青ざめさせた。

「近所に知り合いはいないか？」

「この近くにはいません」

「近くにいなくてもしばらくの間おぬしを匿《かくま》ってくれる人はいるだろう」

「……それは」

梅三郎は短く考えて言葉をついだ。

「いるにはいますが、頼んでも受けてくれないと思います」

「何故？」

「あっしは嫌われていますから……いえ、あっしが嫌っているんです」

「その相手は？」

「兄貴です」

「なぜ、自分の兄を嫌う。兄弟であろう」

「いろいろあるんです」

どうも梅三郎は歯切れが悪い。

「では、兄弟以外にはおらぬか？　実家はどこなのだ？」

「……御徒町《おかちまち》です」

清兵衛は武家地だと気づいた。

「おぬし、武家の子であったか？」

「へえ。親はもう死にましたが、兄貴が跡を継いでいます」

「家督が継げないから板前になった。さようなことか」

梅三郎は、「はい」と、うなずく。

「その兄は何をしているのだ？」

「御徒組にいましたが、いまは勘定所に通っています」

清兵衛は片眉を動かした。

御徒組から勘定所に通うというのは、異例の出世である。

「お目見えか？」

であれば、旗本である。

「徒衆です。支配勘定方に出仕したときに、算用を認められて勘定所に通うことになったと聞いています。会えばその自慢をされるし、最後にはおまえはだからだめなのだと説教されるのは目に見えています。死んだ親にもさんざん貶《けな》されつづけ、悪くもないのに打ち据えられたり、怒鳴られたりで……あっしはそんな親を親と思わずに育ってきたんです。正直にいえば親を恨んでいます。出世自慢をし、あっしの要領の悪さを貶す兄貴も憎んでいます」

梅三郎はしみじみとした口調でいってうなだれた。

「辛い思いをして生きてきたのだな」

清兵衛が憐憫の眼差しを向けると、梅三郎が驚いたように顔をあげた。

「家督を継げぬ次男三男は、それだけで貧乏くじを引いていることになる。だからといっておのれのことを卑下することはない。おぬしは立派な板前になっているのではないか」

「……あの……」

梅三郎はまばたきもせずに清兵衛をまっすぐ見た。

「なんだ？」

「こんなやさしい言葉をかけられたのは……初めてかもしれません」

清兵衛は片眉を動かした。

「桜木様がおっしゃるように、あっしは貧乏くじばかり引かされている気がしてならないんです。実家ではずっと除《の》け者みたいにむごい扱いをされたんで、奉公に出ろといわれたときは、ホッと胸を撫で下ろしました。これで苦しみから逃れられると、心の底から思いました。ですが、奉公に出たら出たで、またひどい仕打ちが待っていました」

梅三郎は来し方の苦しみを思いだしたのか、少し涙ぐんで口をつぐんだ。

「よし、ここで吐き出せ。わしが何でも聞いてやる。愚痴をいいたければ、思い切り愚痴をこぼせ」

清兵衛がそういうと、梅三郎は金魚のように口をパクパクさせた。うるませた目をまるくして、

「あっしの話を聞いてもなんの役にも立ちませんよ」

という。

「いや、役に立つ。おぬし自身のためになる」

「あっしのために……」

「さようだ」

梅三郎はしばし呆けたような顔をしてから、これまでのことをかいつまんで話した。それは奉公先の厳しい掟やしきたりについていけなかったこと、先に奉公にあがっていた者たちからのいじめや、理不尽な扱いなどであった。

「兄貴と同じで誰もが、あっしの不器用さ、要領の悪さをなじりました。あっしはそんな人たちを恨み、妬みつづけていました。何をやっても褒められないどころか、馬鹿にされどおしでした」

話を聞いている清兵衛は、昨夜、長兵衛で飲んでいた梅三郎の姿を思い浮かべ

た。ぶつぶつと繰り言をつぶやいていたが、あれは内にためていた愚痴だったのだと気づいた。

「だが、おぬしは一人前の板前になったのではないか……それとも、まだなのか？」

「あっしは人と交わるのを避けるように料理一筋に打ち込みました。それがよかったのか、二十四で脇板になり、その翌る年には萬清楼に引き抜かれました」

「立派な板前ではないか。萬清楼といえば、江戸でも指折りの料理屋だ」

木挽町にある萬清楼のことは、清兵衛もよく知っていた。店に入ったことはないが、有名店だ。

「ですが、親方とそりが合いませんで……それで暇を出されましまして……」

「ふむ。さようなことであったか。それで萬清楼をやめたのはいつなのだ？」

「半月ばかり前です」

「さようであったか。聞きたいことはまだあるが、ともあれ、ここにいては命を取られなくても無事にはすむまい。難を逃れるために、しばらくわしの家で匿おう」

「えっ」

五

「あの萬清楼の板前さんなのですか？」

清兵衛からざっと話を聞いた安江は驚き顔をして梅三郎を見た。

「いえ、暇を出されていまして、いまは何もしていないのです」

梅三郎は恐縮して答えた。

「とにかく詳しいことは後まわしだ。二、三日預かることにするが、許してくれぬか」

清兵衛は安江に許しを得て、そのまま梅三郎を居候させることにした。

「厚かましくお邪魔してもよろしいので……」

梅三郎は清兵衛と安江を不思議そうな顔で見た。

「気にしないでくださいな。うちは二人暮らしだし、それに命あっての物種でしょう。遠慮はいりません」

安江は物わかりのよいことをいって、梅三郎を空いている部屋に案内した。

「梅三郎、ここでおとなしくしている間、なぜおぬしが襲われなければならないのか、そのことをよく考えるのだ。きっと何か思い出せるはずだ」

「はい」

梅三郎は神妙な顔でうなずいた。

「お出かけになるので……」

清兵衛が玄関に向かう途中で、安江が声をかけてきた。

「わしが動かなければ、梅三郎はいつまでもここに隠れていなければならぬ。心配はいらぬ。あの男は真面目な男だ。それに武家の出でもある。礼儀はわきまえている。ただ人付き合いが下手というより、苦手なのだ。とにかく梅三郎を狙っている男を捜し、話をつける」

「わかりました。でも、無理はしないでくださいませ」

「懸念あるな」

清兵衛はそのまま自宅屋敷を出た。

まだ、日が暮れるまでには一刻半ほどある。あかるいうちに昨夜の二人組を捜したかった。

なぜ、梅三郎は狙われなければならないのか、そのことは不明であるが、二人組が梅三郎を襲おうとしていることだけははっきりしている。

さらに、二人組は梅三郎の長屋も知っているはずだ。昨夜、梅三郎が襲われたのは長屋の近くであった。おそらく待ち伏せをしていたと考えられる。

清兵衛はそのことを踏まえ、まずは梅三郎の長屋に聞き込みをかけた。案の定だった。昨日の昼下がり、梅三郎のことを訊ねまわっていた二人の男がいた。

教えてくれたのは、同じ長屋のおかみで、

「目つきの悪い男たちでしたよ。肩でこう風を切るように歩いてきたんで、わたしゃ悪さでもされるんじゃないかと思いビクビクしていたんです。梅三郎さん、何か悶着《もんちゃく》でも起こしているんでしょうかね」

と、こめかみに貼っている膏薬を押さえて話した。

「それはわからぬが、許せる男たちではないのだ」

「すると、あの二人が何か悪さを……」

「うむ」

清兵衛は曖昧にうなずいた。それ以上やり取りをすれば、説明が面倒になるので、

「ためになる話を聞けてよかった。礼を申す」

と、逃げるように長屋を出た。

表の河岸道に出ると、昨夜の記憶を呼び覚ました。

二人のうち一人の名は「常」なんとかというはずだ。その男は梅三郎につばを吐き、これですむと思うなという捨て科白を吐いた。

その二人が逃げていったのは、湊稲荷のある方角だった。おいとのいる「やなぎ」方面だ。八丁堀に架かる中ノ橋をわたる様子はなかった。

（やつらの住まいは向こうか……）

もしそうであれば、見張りをしていれば見つけられるかもしれない。

清兵衛はそのままやなぎに行って床几に座った。いつものようにおいとが愛想よく迎えてくれ、茶を運んできた。

短い世間話をしておいとが板場に下がると、清兵衛は見張りを開始した。座っている場所からは、稲荷橋を往来する人も見張れるし、鉄砲洲方面からやってくる人やまたそちらへ向かう人もたしかめられる。さらに、稲荷橋の向こう、つまり本八丁堀五丁目のあたりも監視できた。

清兵衛は見張りをしながら昨夜の二人組の顔を忘れまじと、何度も思い浮かべた。提灯のあかりに浮かんだだけだから、それはは っきりとはしていないが、「常」と呼ばれた男は、細身で撫で肩、色白の面長で目が剃刀《かみそり》のように細かった。

もう一人は肉付きのよい顔で団子鼻、唇が厚かった。体も丈夫そうだった。

「桜木様、今日はずいぶん長居をされますね。何かお考えごとかしら。そんなご様子ですよ」

茶を差し替えにきたおいとが話しかけてきた。

「うむ、いろいろ考えなければならぬことがあってな。おう、そうだ」

清兵衛は昨夜の二人組の人相風体を話して、知らないかと訊ねた。

「さあ、どうでしょう。店にいらっしゃるお客様ならわかりますが……」

おいとはわからないといった。

見張りは無駄に終わりそうだった。昨夜の二人組に似た男も見かけない。日が傾いて、人の影が一段と長くなり、空に浮かぶ雲が朱を帯びてもきた。

早仕舞いをしたらしい職人の姿を見かけるようになり、暗くなる前に一稼ぎしようという振り売りの行商が、何人も目の前を過ぎてゆく。

「埒があかぬな」

清兵衛は独り言をつぶやいて、やなぎをあとにすると、もう一度梅三郎の長屋を訪ねた。偶然、昼間話を聞いたおかみと鉢合わせしたので、声をかけようとすると、

「お侍の旦那、来ましたよ。ついさっき、梅三郎さんの家を訪ねてきたんです」

と、慌てたように先に口を開いた。

「昨日来たという二人組だな」

「そうです。また、わたしに声をかけてきたんです。梅三郎さんの行き先を知らないかとか、仕事先はどこだとか、人を射殺すような目をして聞くんです。わたしゃ何も知らないから、知らないといったんですけど……あの人たち何者なんです？」

「質《たち》の悪い与太者だ。梅三郎は思いちがいをされて迷惑しているのだ。それで、その二人は長屋を出たあと、どっちへ行った？」

「木戸口を左へ行ったんで、京橋のほうでしょう」

清兵衛は内心で舌打ちをした。

自分が見張りをしていたやなぎと反対の方角だ。

「あ、お侍の旦那のことは何もいっていませんからね」

おかみは機転をはたらかせたらしく、そんなことを付け加えた。

清兵衛はおかみに礼をいって長屋を出ると、昔のように町を流し歩いた。かつては見廻り中に何度も不審な行動をする男や女を見つけ、犯罪を未然に防いだものだ。

現役時代は「これは臭い」と思う勘がよくはたらいた。いまその勘は衰えているだろうが、捜す相手は決まっている。

しかし、件の二人組にはついに出会わなかった。

六

その夜は、久しぶりに梅三郎という〝客〟を交えての夕餉になった。

いつもは夫婦二人だけなので、ひっそりした食事となるが、今夜は梅三郎がいる。しかし、会話ははずまない。

梅三郎は聞かれることには答えるが、あとは黙っている。それでも安江は、昼間に梅三郎と話をしたらしく、

「板前としてこの先もやっていくとおっしゃったけど、勤め先にあてはあるのかしら？　それとも誰かを頼って紹介でもしてもらうのかしら」

と、話を振る。

「つてはありませんが、勤めたい店はあります」

「どこ？」

「できれば、八百善《やおぜん》か平清《ひらせい》で腕を揮《ふる》うことができればと思っています」

清兵衛は安江と顔を見交わした。

驚いた。両店とも江戸一番の料理茶屋だ。

「感心だ。志は高いほうがよい」

清兵衛がいえば、

「あなたでしたらきっと雇っていただけるわよ。なんといっても料理一筋でこれまでやっていらっしゃったのですから……でも、八百善と平清にはそれなりの板前がいるんじゃないかしら」

と、安江が言葉を添えて、少し心配げな顔をした。

「江戸一番の板前がいるのは知っています。ですが、あっしはそんな板前と腕を競ってみたいし、もっと自分の腕を磨きたいんです。だから一流どころに行かなければならないと思っているんです」

そう答える梅三郎は晩酌をしている清兵衛をちらちら見る。

それに気づいた清兵衛が、

「遠慮するといったから、今夜は控えるのだと思っていたが、やはりやるか」

というと、梅三郎がキラッと目を輝かせた。

だが、安江がすぐに遮った。

「いけません。梅三郎さん、つぎの店が決まるまでは、酒断ちをすると約束したではありませんか」

「そんな約束を……」

清兵衛が驚くと、安江が言葉をついだ。

「話を聞いてわかったのです。梅三郎さんはお酒に逃げていたのです。人と上手に接することが苦手だから、ご酒が過ぎるようになった。萬清楼から暇を出されたのもお酒が因《もと》だったのでしょう」

梅三郎はうなだれてうなずく。

清兵衛は安江と梅三郎がそんな話をしていたのだと気づいた。

「あなたは料理人といっても、武家の血を引いている方、約束は約束ですよ」

安江が言葉を重ねると、

「わかっています」

と、梅三郎はうなだれた。

「わしのことは話したのだろうか？」

清兵衛は安江に聞いた。

首は横に振られた。清兵衛は梅三郎の心を開かせるためには、自分のことを打ち明けようと考えた。

「梅三郎、じつはなわしは元は町奉行所の与力だったのだ」

梅三郎の顔が驚き顔になった。

「隠居したのにはそれなりのわけがあるのだ」

そういって、隠居した経緯を話してやった。

梅三郎はじっと清兵衛の話に耳を傾けていたが、聞き終わるやいなや膝をすって下がり、

「そんな方とは存じあげもせず、ご迷惑をおかけいたします。どうかお許しください。申しわけありませんでした」

と、額を畳に擦りつけた。

「なになに、気にすることはない。いまはただの隠居だ。昔のことは昔。されど、わしはそういう男なので、此度《こたび》のことを放ってはおけないのだ。必ずやあの二人を見つけて灸《きゅう》を据えてやろうと思う」

「はは、恐れ入ります。まさか、まさか、そんな方だったとは……」

梅三郎は恐縮の体で何度も頭を下げる。

「窮屈にならずともよい。ここでは自分の思ったことを話すといい。おぬしを咎めたり、叱りつけたりする者は誰もいないのだ。ここにいる間だけでも、羽を伸ばしておけ」

「な、なんとありがたいお言葉。……あっしは、あっしは……」

梅三郎は声を詰まらせ短く黙り込んだあとで、さっと顔をあげた。

「こんな親切を受けたのは、初めてです。それも御番所の元与力様と奥様に。こんなことは滅多にあることではありません。それにお二人のおっしゃることは、あっしの心を楽にし、そして励まされます。あっしはずっと世を拗ねていました。不満だらけの半生でした。まわりの人たちのように楽しく笑うこともできませんでした。だから、自分の殻にこもりただひたすら料理の腕を磨くだけでした。救いはわたしのことを知らない客が、うまかったとか、今度もうまい料理を頼むなどといってくれるときでした。そんな声をかけられたときには、やはり板前になってよかったとつくづく思うのです。いずれは一流の店で腕をあげ、自分の店を持ちたいという夢もあります」

「梅三郎さん、きっと叶いますわ。あなたの目は清く澄んでいて輝いています。

人付き合いが苦手なのは、自分でそう思っているからです。だって、ほら、こうやってわたしたちとはちゃんとお話ししているではありませんか」

安江はそういってやさしく微笑む。

「そ、そうですね」

「梅三郎、おぬしは酒に逃げていたのだな。酔っていやなことを忘れようとしていた」

清兵衛は静かに語りかけた。

「さようです。人と交わるのが苦手なあっしは、酒を飲めば憂《う》さを晴らせるんです。萬清楼から暇を出されてからは、酒浸りの毎日です」

「酒をやめろとはいわぬが、ほどほどにしておかねばな。先日の男たちに乱暴されたのは、酒の席で何かあったからではないか……」

清兵衛に見つめられる梅三郎は、記憶を辿るような顔をした。

「いま思いだせとはいわぬ。おぬしが狙われるには、それ相応のわけがあるはずなのだ。よくよくそのことを考えてくれぬか。きっと何か思いだすことがあるはずだ」

「……はい」

七

翌日の朝餉の席であった。

梅三郎は酒を抜いたせいか、幾分顔に生気が戻っていた。

「ぐっすり眠れたか？」

清兵衛が訊ねると、梅三郎はこくんとうなずく。

「はい、お味噌汁」

安江が湯気の立つ椀を梅三郎にわたした。

「たくさん食べていいのよ」

安江はにっこり微笑み、今朝は冷え込んでいますねと、天気の話をした。

「あの……」

味噌汁をすすったあとで、梅三郎が箸をとめて清兵衛を見た。

「どうした？」

「昨夜、ぼんやりとですが思いだしたのです。いえ、あの晩は酔っていましたので夢かもしれませんが、妙な話を聞いたような気がします」

「妙な話……どんなことだ?」

清兵衛は飯碗を置いて、湯呑みを取った。視線を梅三郎に向ける。

「いつものように長兵衛で飲んで、家に帰るとき、足がよろけてしばらく商家の軒下で寝ていたような気がするんです」

「ふむ。それで……」

「すぐそばで男たちが何かしゃべっていました。何もかも聞いたわけではありませんが、弱り切った声で勘弁してくれという男に、他の男が何かを出せ、拵えてこいといっていたような……」

梅三郎は視線を天井に向けて、短く思案した。何かを思いだそうとする顔だ。

「そう。気弱な声でこれきりにしてくれというと、他の男は嘗めたことというな、さんざんいい思いのなんのといったような……。いえ、ほんとうのことかどうかわかりませんが、昨夜横になってしばらくして、そんなことが頭に浮かびまして……」

「声はいくつあった?」

「三つだったと思います」

今度は清兵衛が宙の一点を凝視して考えた。

「それでおぬしはどうしたのだ？」

「はあ、多分立ちあがってそのまま長屋に戻ったはずです」

「そのとき男たちと顔を合わせたか？」

梅三郎は首を振り、

「よく覚えていないんです。でも、いま申したようなことを聞いたような気がします。ひょっとすると夢かもしれませんが……。あ、こんないい加減なことを話してはいけませんね」

と、味噌汁の椀を持ったままぺこりと頭を下げる。

清兵衛は聞き捨てならない話だと思った。人の記憶は突然甦ることがある。すっかり忘れていたことを、何かのきっかけで思いだすのだ。与力時代にも証言する者たちが、ずいぶん過去のことを思いだすことがあった。

それは当人にとっては些細なことであり、覚える必要のないことだからだ。

しかし、一度聞いたり見たりしたことを、それが気にもとめていなかったことでも思いだすことがある。そのことが重大な手掛かりになったことが何度かあった。

「声は三つだといったが、それは男の声だったのか、それとも女の声もしたとか

「……」

「女の声はなかったと思います」

「それは夢ではなく、ほんとうにおぬしが聞いたことかもしれぬ。そしてそれはその三人にとって、他人に聞かれては都合の悪いことだったのかもしれぬ」

「都合の悪いこと……でも、あっしは切れ切れにしか思いだせませんし、ほんとうに聞いたのかどうかさえもあやふやです」

梅三郎は自信なさそうにいって味噌汁をすすった。

「じつは昨日、おぬしの長屋に二人組の男が来ている。それも二度めだ」

「…………」

「おそらくおぬしに乱暴をはたらいた男たちだろう」

梅三郎は口を半開きにして、目をしばたたく。

「つまり、その二人はおぬしを捜しているのだ。それに、わしはこれですむと思うな、というやつらの捨て科白を聞いているのだ。そやつらは、人に聞かれてはならぬことをおぬしに聞かれたと思い込んでいるのかもしれぬ」

「しかし、あっしは何も……」

「おぬしは聞いていなくても相手は聞かれたと思った。放ってはおけないと考え、おぬしを狙っている。そうかもしれぬ」

梅三郎は「はあ」と、大きなため息をつき、

「あっしは何も知らないのに……」

といって、がっくり肩を落とす。

「とにかく今日もこの家にいるのだ。何としてでもおぬしの身は守らねばならぬ」

「で、でもどうされるので……」

「捜して話をする。わしは二人の顔を見ているので、顔を見ればわかる。褒められた面構えではなかったから、たたけば埃の出る輩であろう」

清兵衛はその日、愛刀二王清長を腰に差し、さらに黒羽織を着けた。髷は小銀杏にしていないが、一見して町奉行所の与力と何ら変わることがない身なりだ。

わざと黒羽織をつけたのは、聞き込みをする際、相手に町方だと思わせるためである。普段の隠居侍では人によっては安く見てくる者がいる。それを嫌ってのことだった。

(忙しくなった)

歩きながら自分のことを思って苦笑する。

町屋の庭や大名屋敷から目白や鵯《ひよどり》の声が聞こえてきた。空は晴れており、刷毛《はけ》で掃いたようなうすい筋雲が浮かんでいた。

昨日話を聞いた梅三郎の長屋のおかみは、二人組は木戸口を出ると左へ行ったといった。つまり京橋のほうである。

清兵衛はならば、京橋に近いところで見張りをしようと決めていた。

見張り場にしたのは真福寺橋をわたってすぐのところにある茶屋だった。そこから南八丁堀方面からやってくる者、京橋川に架かる白魚橋をわたってくる者たちを見張ることができる。

職人たちはすでに仕事場ではたらいている刻限だ。大工や左官といった職人の姿は見られない。朝の早い豆腐売りや納豆売りの姿もない。見かけるのは天秤棒を担いだ魚屋か、これから商いをはじめる紙売りなどだった。

茶屋の床几に腰を据えて半刻ほどたったときだった。清兵衛は真福寺橋をわたってくる男を見て眉宇をひそめた。

八

「親分」

清兵衛は橋をわたってきた男に声をかけた。男は立ち止まり、太い眉を動かし三白眼を光らせて見てきた。

「おお、ご隠居。久しぶりじゃねえですか」

そう声を返すのは南八丁堀を縄張りにしている東吉《とうきち》という岡っ引きだった。怒り肩の短足で、がっちりした体つきだ。悪人顔をしているので、凄むと迫力がある。

「見廻りかね」

「いやいや、そんなんじゃねえです。旦那に呼ばれたんで、これから行くとこですよ」

東吉は急いでいるのか、清兵衛の前に立って答える。旦那というのは、南町奉行所の定町廻り同心・久世平之助《くぜへいのすけ》のことだ。

東吉はその久世から十手と手札を預かっている。

「つかぬことを訊ねるが……」

「ご隠居、悪いがちょいと急いでるんです。話なら暇なときに頼みますぜ」

東吉は清兵衛が元町奉行所の与力だと知らない。

「手間は取らせぬ。会ってみたい二人の男がいるんだ。一人は〝常〟と呼ばれていて、色白で面長、目も細くて鋭い。もう一人の名前はわからぬが、肉付きのよい顔をしている。団子鼻で唇も厚い。親分ならわかるのではないかと思ってな。心あたりはないかね」

「その野郎らがどうかしたんで……」

「たいしたことではないのだが、ちょいと会って話をしたいのだ」

「ご隠居も物好きだね。なになに常というやつァ、色白で面長で目が細い……」

「さよう。もう一人は団子鼻で唇が厚い。いつも二人つるんでいるようなのだが、知らないかね」

「団子鼻で唇が厚い。そんな野郎はいっぱいいるからな」

東吉は剃ったばかりらしい顎を撫でて、空をぐるっと眺めてから清兵衛に顔を戻した。

「そいつらいつも二人でつるんでるといいましたね」

「どうもそうらしいのだ」

「そいつらかどうかわからねえが、いけ好かねえ与太公がいます。いつかとっちめてやろうと思っててんですが、狡賢《ずるがしこ》い小悪党でおれの顔を見りゃすぐ逃げるやつらかな」

「何という者だね」

「一人は常吉《つねきち》、もう一人は虎助《とらすけ》って野郎です。そういやあ、虎助の野郎は団子鼻だ」

「その二人にはどこへ行けば会える？」

「そりゃあわかりません。ケチなたかりをやったり、陰で盗みをしているという噂は聞きますが、噂だけなんで、調べはしてねえんです。相談しに来るやつがいりゃ、おれも腰をあげるんですがね」

「すると、その二人の住まいもわからぬか」

「わかりませんね。通町をうろついているらしいが……。だけどご隠居、あんな糞みたいなやつらに何の用です？」

「その二人かどうかわからないが、ただ会ってみたいのだ」

「けっ、ご隠居ももの好きだね。お、遅くなっちまう。それじゃご隠居また」

東吉はそのまま急ぎ足で立ち去った。

（常吉と虎助……）

おそらく梅三郎を襲った二人にちがいないだろう。

東吉に会えたのは運がよかった。だが、肝心の二人の居所はわからない。わからないが、東吉は通町をうろついているらしいといった。

清兵衛は目に力を入れると、茶屋を離れて通町に足を運んだ。

一言で通町といっても、北は須田町から南は金杉橋あたりまでのことを指す。だが、あの二人が遠くまで足を伸ばしているとは考えられない。

おそらく日本橋の目抜き通りか、京橋界隈ではないかと見当をつけた。

まずは京橋まで行って、日本橋へ向かう。この通りの両側には大商家が軒を列《つら》ねている。暖簾は色とりどりだし、立派な屋根看板は金文字だったり、重厚に墨で塗り込めたものだったりする。

間口十間、二十間という店もめずらしくない。薬種問屋に呉服屋、茶問屋、煙草問屋、蠟燭《ろうそく》問屋に書物問屋などの他に、絵具染草問屋というのもある。

のんびり眺めて歩けばあきない通りである。お上りさんがいれば、勤番侍の姿もある。相撲取りに僧侶の一団も歩いている。

かと思えば物乞いもいるし、浮浪児が路地の脇に立ってもいる。大店と大店の間で肩をすぼめているような小店も多数ある。

呼び込みの声がひっきりなしに聞こえてきて、大八車がガラガラと音を立てて通る。料理屋の暖簾をくぐる者。一膳飯屋から出てくる者。呉服屋から丁重な礼を述べられながら送り出される婦人と娘。

煎餅屋から漂う芳ばしい匂いもすれば、擦れちがう女が懐に入れているらしい匂い袋が香りを風に流す。

清兵衛は日本橋まで行くと、今度は引き返した。道幅は十間ほどあるが、通りを歩く人の数が多いのでぶつからないようにしなければならない。

商家の屋根越しに晴れた空が広がっており、町屋の一角には黒渋塗りの火の見櫓《やぐら》が聳《そび》え立っている。

京橋まで引き返してきたが、件の二人組に出会うことはなかった。まだ時間はたっぷりある。清兵衛は京橋をわたり、芝口橋まで足を伸ばした。

それからまた京橋の近くまで戻ったとき、軽く昼飯を食っておこうと思い、通りを眺められる蕎麦屋に入った。

盛りそばを注文し、格子窓越しに表を見張る。

「なかなか出会わぬな」

往生しているので思わず声が漏れる。

つるつるとそばをすすり、小腹を満たして勘定をしたときだった。表通りを歩く件の二人組を見た。いや、似ていた。

清兵衛は釣り銭も受け取らずに表に飛び出したが、二人の男は人波に紛れていた。それでも追いつけるはずだと、先を急ぐ。

だが見つけられない。あきらめかけたときだった。南伝馬町から南塗師町につづく小路で、二人の男が商家の奉公人と話をしていた。

後ろ姿しか見えないが、二人の男は常吉と虎助のようだった。目を光らせた清兵衛がそっちに足を向けたとき、二人の男は背を向けて足早に立ち去った。追おうとしたが、先の角を曲がって見えなくなった。そして、急ぐ清兵衛の前に俵物を満載した大八車が立ち塞がった。

（ええい、面倒な）

内心で舌打ちしたが、そこで立ち往生の恰好になった。だが、商家の裏木戸から店のなかに戻ろうとしていた男に声をかけた。

九

「そのほう、しばらく」

声をかけると、戸を閉めようとしていた男が振り返った。

「わたしでございますか」

気の弱そうなやさ男だ。

「さようだ。話がある」

やさ男は顔を緊張させた。

清兵衛の身なりを見て町方だと勘ちがいしたのだ。

「いま、二人の男と何やらやり取りをしていたな。相手は常吉と虎助という者ではなかったか？」

やさ男の顔がますますこわばった。

「わしは桜木清兵衛、あやしい者ではない」

そういって刀の柄をぐいと下げると、

「な、なんでございましょう」

と、声をふるわせた。あきらかに怯えている。

「おぬしはこの店の奉公人だな。名は何と申す？」

「庄兵衛《しょうべえ》でございます」

「そこに立っておらず、出てこい」

清兵衛が少し権高な物いいをすると、庄兵衛は戸を閉めて恐る恐る出てきた。

「さっきの二人と何を話していた？」

「いえ、それは……」

庄兵衛は人目を憚るようにあたりに視線を向けた。

「わしはある調べをやっている。ことによると人の命に関わることだ」

「へっ、そんな……」

「おぬしをどうこうするというのではない。あの者たちに話があるのだ。正直なことをいわぬと、然るべきところにてあらためて話を聞かなければならぬ」

これは機転を利かした些細な脅しであったが、庄兵衛はあっという間に青ざめた。

「そ、それは、ちょ、ちょっと困ります」

「何が困るというのだ」

「あの、ここでは話せませんので。そっちのほうで……」

庄兵衛は少し離れた場所にある稲荷社の前まで行って立ち止まった。

「じつは、脅されているのです。まさかこんなことになろうとは思いもいたしませんでしたが……」

庄兵衛は口ごもった。「話せ」と、清兵衛はうながす。

「その、わたしは金蔓《かねづる》にされているのです」

「何故さようなことに……」

清兵衛は庄兵衛に詰め寄った。すっかり顔色をなくしている。

「旦那、ご勘弁願えませんか。表沙汰になると、わたしは生きていけなくなります。お訊ねになることにはお答えいたしますが、どうか穏便にお取り計らいいただけませんか」

「それは話次第であるが、なにやら深い事情《わけ》がありそうだな。よいから話せ。なぜ金蔓にされているのだ？」

「それは……」

庄兵衛は口ごもってうつむく。

「ここでできなければ、おぬしの店へ行って話を聞くことにするか」

さっと庄兵衛の顔があがった。すっかり狼狽えている。

「それは困ります。あの、わたしは大坂屋《おおさかや》の番頭です。番頭と申しましても二番番頭で、女房と子供がいます。このことが店に知れたら、わたしは暇を出されて暮らしが立ち行かなくなります」

「…………」

「その、わたしは女房が孕《はら》んだとき、ある方といい仲になりまして、それでときどき会うようになりました」

「その女の名は？」

「……お近《ちか》さんといいます。ですが、お近さんは宮大工の棟梁の妾でして、もし通じていることが表沙汰になれば、わたしは殺されかねません。棟梁は見るからに怖い人で、気性の激しい人だと聞いています。もしものことがあれば……」

庄兵衛は怖気《おぞけ》だったようにぶるっと体をふるわせた。年は三十を少し過ぎたくらいだろうか。その年で二番番頭を務めるのだから、早い出世だったのだろう。

「そこまで話したのだ。最後まで話せ」

すでに清兵衛には大方の察しはついていたが、話を聞くことにした。

「はい。あの、そのわたしは熊之助《くまのすけ》さんが留守をしているとき、あ、熊之助さんはお近さんの旦那でして、仕事柄江戸を離れることが度々あるのです。そんなときにわたしはお近さんの家を訪ねていました。それを常吉さんと虎助さんに知られ、黙っていてやる代わりに口止め料を払えと脅されているのです。もうお近さんとは切れたんですが、あの二人はしつこくわたしから金をせびり取ります。一度きりで許してやるといわれたのですが、とんでもない。五日置きが三日置きになり、わたしの給金のほとんどはあの二人に吸い取られているようなもので、これで最後にしてくれといっても無駄なことで、先日も帰りを待ち伏せされ、そして今日も……」

　庄兵衛は泣きそうな顔になった。

「さようなことであったか。先日といったが、それは三日前の晩ではなかったか？」

「そうです」

「そのとき、酔っぱらいがそばにいなかったか」

「暗がりからよろよろと立ちあがって奇妙な声で笑った男がいました。常吉さんと虎助さんは慌てましたが、その人は長屋の路地に入って見えなくなったんです」

　清兵衛はなるほどと、やっと納得した。

「常吉と虎助の住まいを知っているか？」

「わたしは存じていません。突然、店先にあらわれ、暖簾越しに手招きをされ、それで出て行って金を脅し取られるだけなんです。こんなことがいつまでつづくのかと思うと、死にたくなります。ですが、わたしは女房ともうすぐ二歳になる子がいます」

庄兵衛は心底弱り切った顔でうなだれ、

「なにもかも話しましたが、そんなわけなので、伏せておいていただけませんか。後生ですから、どうか穏便なお取りはからいをお願いいたします。このとおりです」

庄兵衛はその場で土下座しようとした。

「待て待て。話はわかった。このこと此度の正直に免じて伏せておこう。だが、常吉と虎助がいそうなところに見当はつかぬか？」

「そこにいるかどうかわかりませんが、大富町の縄暖簾から出てくるのを見たことがあります」

「何という店だ？」

「たしか、長兵衛という店でした」

清兵衛はキラッと目を輝かせた。

「お近という女はどこに住んでいる？」

「あ、あの、わたしはもうあの人とは何の関わりもないんですけれど……」

「おぬしとの間柄云々ではない。お近は囲われ者であろう。すると、おぬしとの仲を知った常吉と虎助は、お近も強請《ゆす》っているかもしれぬ」

庄兵衛はハッと目をみはった。

「小狡い悪党ならお近をも脅しているかもしれぬからな。お近の住まいはどこだ？」

「南塗師町の銀平店《ぎんぺいだな》です」

もう目と鼻の先の距離にある長屋だ。

「よし、もういい」

「あ、あのわたしのことは……」

「心配はいらぬ。二度とおぬしが脅されぬように、常吉と虎助にはきつい灸を据える」

庄兵衛をその場で解放すると、清兵衛は通町に出て庄兵衛の勤めている「大坂屋」の店をたしかめた。立派な蠟燭問屋であった。

梅三郎が乱暴をはたらかれた原因はこれでわかった。梅三郎は常吉と虎助が金を強請り取る近くに酔って寝ており、そこで偶然話を聞いたのだ。

もっともすべては聞いていないが、常吉と虎助は強請りを見つかったと思い込み、梅三郎を口止めさせるために乱暴をはたらいた。

（おそらくそんなことであろう）

　清兵衛は胸のうちで推量して、まだ日の高い空を眺めた。

十

「何のご用でしょう？」

　突然、清兵衛の訪問を受けたお近は少し驚き顔をした。三十前後の瓜実顔《うりざね》、小振りの口、男心をくすぐる目ときれいな柳眉。襟元には胸乳《むなぢ》の谷間が垣間見える。色っぽい女だ。

「桜木と申す。聞きたいことがあるので邪魔をいたす」

「どちらの桜木様です」

　お近は気丈な目つきになった。気の強い女のようだ。

「見れば察しはつくであろう」

「……町方の旦那？」

　お近は小さく首をかしげた。

「北町の桜木だ」

いまや隠居であるが、こういった場合には効果がある。それに清兵衛は町方らしき雰囲気を持ち合わせている。

「何をお訊ねになりたいのでしょう」

お近の態度がやわらいだ。

清兵衛は三和土に入って後ろ手で戸を閉めた。

「あまり大きな声では話せぬことだ。そなたが宮大工・熊之助の囲われ者だというのは知っている」

ズバリいうと、お近は目を大きくみはった。

「それから大坂屋の番頭・庄兵衛ともよい仲であった。もっともいまは縁は切れているようだが……」

「いったい何の調べなんです？」

お近の表情はかたくなっていた。

「知りたいのは常吉と虎助という男のことだ」

お近はまた表情を変え、愛らしく魅力のある口を半開きにした。

「知っているな」

「あ、はい。あの二人が……」

「もしやそなたは金をねだられたりはしておらぬか？」

お近は生つばを呑み込み、

「強請られています。あたしと庄兵衛さんのことを、棟梁に告げ口するといって、しつこく金をねだりに来ます」

と、まばたきもせずにいった。

「やはり、そうであったか。それで、その二人の居所を知らぬか？」

「どこに住んでいるか知りませんが、炭町《すみちょう》の『いすみ』という船宿にしじゅう出入りしているようです。金をねだられるときは、決まってそこに呼ばれるのです」

炭町の船宿いすみは、京橋のすぐそばである。この長屋からも近い。

「船宿であるか。相わかった。邪魔をした」

「あ、お待ちください。あの二人を捕まえるのでしょうが、わたしのことが棟梁に知れると困るんですけれど」

「懸念無用だ。そなたの名は出さぬ」

お近はホッと胸を撫で下ろした。

清兵衛はお近の長屋を出ると、いつものようにのんびり散歩をするように歩いた。長兵衛を見張らなければならないと思っていたが、それは後まわしでよい。まずは船宿いすみに行って二人の所在をたしかめる。

いすみは京橋川に架かる三年橋に近い場所にあった。小さな船宿だ。目の前は竹河岸で、荷舟といっしょに猪牙舟が何艘も舫《もや》われていた。

いすみに入ると、帳場にいた女に、常吉と虎助のことを訊ねた。

「二階《うえ》にいますよ」

女は天井を見て答えた。

「邪魔をする」

清兵衛はそのまま階段を上がった。

二階は広い客座敷となっており、常吉と虎助は向かい合って湯呑みを使って賽《さい》子博《ころ》打をやっていた。

ちらりと清兵衛を見てきたが、気にもかけない。あの晩見た二人に相違なかった。

そのまま清兵衛がそばへ行くと、

「なんでえ。何か用かい？」

と、剣呑な顔で見あげてきたのは常吉だった。虎助もにらむように見てくる。

「きさまら人の風上にも置けぬ小悪党だな」

「なんだと」

虎助が団子鼻をふくらませてにらみを利かせた。

「大坂屋の番頭・庄兵衛、そしてお近という女を知っているな」

二人は一瞬目をみはった。

「それがどうした？」

常吉が開き直ったように言葉を返した。

「わしを誰だと思っている……」

常吉と虎助はあらためるように清兵衛を見て、これはまずいという顔をした。

同時に常吉が俊敏に立ちあがって逃げようとした。

だが、清兵衛は後ろ襟をつかみ取るとそのまま引き倒して鳩尾《みぞおち》に刀の柄頭をたたきつけた。

「うっ」

うめいた常吉はそのまま気を失った。

その間に虎助が逃げようとしたが、清兵衛は素早く二人が使っていた湯呑みを手にすると、逃げる虎助目がけて投げた。湯呑みは見事に虎助の後頭部にあたり、虎助は窓際によろけて振り返った。

清兵衛が近づくと、虎助は懐からさっと匕首《あいくち》を抜いて斬りかかってきた。清兵衛は体を捻ってかわし、再度斬りつけようとした虎助の手首をつかみ取って、後ろに捻りあげた。

虎助の手から匕首が落ち、「いてて、放しやがれ」と、顔をゆがめた。

「わしを甘く見るな」

清兵衛は虎助を引きずるようにして、気を失っている常吉のそばに座らせた。

「今度逃げようとしたら、ただではすまぬ」

清兵衛は腰から鞘ごと抜いていた大刀を、さっと目の前にかざした。虎助は一瞬にして青ざめた。それを見てから、清兵衛は常吉に気を入れてやった。

「な、なんでえ」

気を取り戻した常吉は、狼狽顔を清兵衛に向けた。

「きさまら、とんでもない野郎だ。わしは北町奉行所与力・桜木清兵衛という」

(元はそうで、いまは隠居の身ではあるが……)

と、内心でつぶやき足すが、効果は覿面《てきめん》であった。

「い、いったいなんです」

　常吉が声をふるわせた。

「きさまらの胸に聞けばわかることだ。庄兵衛とお近の仲を知ったきさまらは、それを種にして金を脅し取っている。一度ならず何度もだ。また、南八丁堀に住んでいる梅三郎という男を知っているな」

　常吉が細い目を見開けば、虎助は凝然となった。

「強請の場を見られたと思ったきさまらは、梅三郎を付け狙ってもいる。おそらく口止めするためだろうが、そうは問屋が卸さぬ。きさまらのように性根の腐った野郎は、このましょっ引き、いやってほど仕置きをしなければならぬ」

「ま、待ってください。そ、そんないきなり……」

　常吉が慌てた。

　清兵衛はさっと大刀をつかみ取って、鞘を常吉の首筋にあてた。

「黙れッ。何がいきなりだ。きさまらのやっていることをよくよく考えやがれ」

　清兵衛は刀を動かし、鞘先で常吉の頭をゴンとたたき、ついで虎助の頭もガツンとたたいた。二人はほぼ同時に痛みに顔をゆがめた。

「口答えするなら、つぎは刀を抜き、そのそっ首刎ねてやる」

清兵衛はいつにない鋭い眼光で二人をにらんだ。

「わしは冗談でいっているのではない。この場できさまらを斬り捨ててもよいのだ」

二人はその一言でふるえあがった。

「ど、どうかお目こぼしを……」

声をふるわせる常吉を、清兵衛は冷ややかな目でにらんだ。

「目こぼしだと」

「お願いいたしやす。このとおりです」

虎助がいまにも泣きそうな顔で、畳に額をこすりつけた。

清兵衛はわざと短い間を置いた。階下から人の話し声が聞こえてくる。表からはキィキィーと鳴く鵯の声。

「よし、此度にかぎって目をつぶってやる」

虎助がさっと顔をあげれば、常吉が驚いたように目をまるくした。

「だが、約束をしてもらう。その約束を破ったならば、牢送りではすまぬと思え」

「なんでも約束します」

常吉が慌て声でいう。

「金輪際、あの三人には近づくな。さらに、この辺をうろついてるのを見たら、わしは遠慮なくきさまらをしょっ引く」

二人はあんぐりと口を開いた。

「わかったか」

「は、はい。わかりました」

虎助が答えれば、

「もうこの辺には近づかねえようにしやす」

と、常吉がいった。

「約束だ」

二人は深くうなずいた。

「よし、ならばすぐ去ね」

「へ、へい」

常吉が畳を這うようにしてそのまま階段に向かった。虎助もそのあとを追った。

階段を慌ただしく駆け下りる足音が消えると、清兵衛はふっと息を吐き、

「やれやれ」

と、首を振った。

十一

十日後――。

清兵衛の暮らしは変わることがなかった。朝起きて書斎で形にならない句を捻ったり、代わり映えのしないことを書き留めようと日記に向かっては筆を置く。ときどき庭に出て素振りをしたり、型稽古をしたりして暇をつぶし、昼食のあとでぶらりと散歩に出て、夕刻に帰ってくる。

「梅三郎さん、どうしたかしら？」

その日、散歩から帰ってくると、洗濯物を取り込んでいた安江が声をかけてきた。

「仕事を探すといっていたが、すぐには見つからぬだろう。それより、喉が渇いた。茶をくれぬか」

清兵衛が居間に行ってどっかりと腰を据えると、安江が茶を淹れてくれた。

「いろいろと話をしましたけど、あの人頭ごなしに押さえつけられて育ってきたのですね。いいたいこともいえず、ずっと我慢して生きてきたのです。奉公に出ても、それは同じだった。でも、人とうまく付き合えないから、料理一筋になって腕を磨いた」

「そうだな。不満だらけの人生だったかもしれぬが、一人前の板前になれたのは救いだ。もっと気の利いたことをいってやりたかったが……」

言葉を切ったのは、玄関に人の声があったからだった。

安江が返事をして玄関に向かった。

清兵衛は茶を飲んで、湯呑みのなかに浮かんでいる茶柱を眺め、長兵衛でぶつぶつと独り言をいいながら飲んでいた梅三郎の後ろ姿を思いだした。

「あなた様、梅三郎さんです」

安江が戻ってきてそう伝え、「早く、おあがりなさい。ささ、こちらへ」と、手招きをした。

すぐに梅三郎が姿をあらわし、丁寧に両手をついて挨拶をした。

「先日はいろいろとご面倒をおかけいたし、また数々のご親切ありがとうございました」

「さようなことは気にせずともよい。それより、勤めはいかがした？」

「はい、やっと雇ってくれる店が決まりました。今日はそのことをお伝えしたくてまいりました」

　梅三郎は何だか晴れやかな顔をしていた。

「それは何よりだ。どこの何という店だ？」

「はい、どうせなら一流どころで仕事をしたいと思いまして、深川の平清を訪ねましたが、けんもほろろに門前払いをされました」

「まあ、それは……」

　安江は気の毒そうな顔をした。

「それで山谷にまわりまして、八百善を訪ねますと、丁度板前が一人足りなくなったので、腕を試したいといわれまして、二日ほど通っていわれる料理を作りましたところ、雇ってもらえることになりました。それも脇板です」

「なんと、八百善に……まことか」

　清兵衛は驚かずにはいられなかった。

　八百善といえば、江戸一番といわれる料理茶屋である。名のある文人墨客《ぶんじんぼっかく》はもとより将軍家も足を運ぶ高級料理屋だ。

「はい、あっしの腕を気に入っていただき、早速明日から通うことになりました。

いまの家からだと遠いので、家移りの段取りもすませてきたところです」

「よかったわねえ。ほんとうにようございました」

安江は心底喜んだ顔をした。

「これも桜木様と奥様のおかげです。奥様にはたくさん励まされました。旦那様にはお助けをいただき、あっしは……」

梅三郎はそこで涙ぐみ、両目を腕でしごいて言葉をついだ。

「一からやり直します。桜木様と奥様のご恩は一生忘れません。ありがとうございました」

「そうあらたまることはない。まことにめでたいではないか。安江、よかったな」

清兵衛が安江を見ると涙ぐんでいる。

「それで心ばかりのお礼をしたいのです。あっしの料理を召しあがっていただけませんか」

「いや、それは願ったり叶ったりだ。八百善の板前に作ってもらう料理なら喜んでいただく」

「では、早速。奥様、お台所を拝借いたします」

梅三郎はそのまま持参の風呂敷を持って台所に立った。捻り鉢巻きをし、片肌を脱ぎ、襷を掛け、袱紗に包んだ包丁を取り出す。さらに持参の魚介と野菜を流しに置いて、竈に鍋をかけた。

清兵衛は間が持てないので、ちびちびと酒を飲みながら、料理をする梅三郎を眺めていた。大根を器用に剝いたり、魚をさばいたりと、その手並はじつに鮮やかだった。暗く鬱屈し、この世の片隅でひっそり生きているように見えた男ではなかった。

待っている間に日が暮れたので、安江が燭台と行灯に火を点した。

半刻ほど待ってから、

「お待たせいたしました」

と、梅三郎が料理を運んできた。

待たされた割りに、料理は三品のみだった。しかし、どの料理も器に映えるように作られていた。

梅三郎は鯛の刺身を指し示し、

「これは杉板に載せて焼いてあります。塩を馴染ませていますので、そのまま山葵《わさび》をつけて召しあがってください」

それから大根の揚げ物を示した。

「これはうすく剝いたあとで、湯葉を重ねて巻いてありますが、山椒と唐辛子を少しまぶしてあります。舌触りはよいはずです」

清兵衛と安江は小鉢を見てふむふむとうなずく。見るからにうまそうである。

「こちらは豆腐の包み揚げです。葛を加えただけですが、だしが利いているはずです」

「いかにもうまそうではないか」

「どうぞおあがりください」

清兵衛は畏まって箸を伸ばした。

まずは鯛の刺身である。山葵をちょいとつけて口に入れる。なんと仄かな杉の香りと鯛の風味が口中に広がる。

うまいという言葉も出せず、深くうなずき、感心しながら梅三郎を見た。それから豆腐の包み揚げをつまんだ。

葛を加えて揚げただけといったが、これがまた絶品ではないか！　葛のとろみもよければ、どうやって調理したのかわからぬが、だしが豆腐の味を引き立てている。

「なんと、おいしいこと……」

　安江は感心しきりで目をまるくし、頬をほころばせている。

　清兵衛は大根の揚げ物を食した。これも文句なしのうまさだった。大根の味は当然ながら、山椒と唐辛子がピリッと全体を引き立てているし、間に巻かれた湯葉がまたうまいのである。

「梅三郎、こんなにうまいものを食ったのは後にも先にもこれが初めてだ。生きていてよかったと、いま心の底から思う」

　清兵衛が感心すれば、

「まことにさようです」

　と、安江も心底満足げな顔をした。

「ありがとうございます」

「梅三郎、おぬしはこれまでまわりの者を恨んだり憎んだりして生きてきた。不満だらけだといった。さぞや疲れたであろう」

「…………」

「人の命にはかぎりがある。これからはその恨み辛みを水に流し、人のいうことを受け入れ、そして褒めてやれ。これまでとはちがう付き合いがはじまるはずだ。

ま、それはともあれ、こんな料理が作れるのだ。おぬしは江戸一、いや、日の本一の料理人になれ」

清兵衛がそういったとたんだった。

梅三郎の小さな目から、ぽろぽろと大粒の涙が溢れた。

この作品は文春文庫のために書き下ろされたものです。

ＤＴＰ制作　エヴリ・シンク

本書の無断複写は著作権法上での例外を除き禁じられています。
また、私的使用以外のいかなる電子的複製行為も一切認められておりません。

文春文庫

武士《ぶし》の流儀《りゅうぎ》（五）

定価はカバーに表示してあります

2021年4月10日　第1刷

著　者　稲《いな》葉《ば》　稔《みのる》
発行者　花田朋子
発行所　株式会社　文藝春秋

東京都千代田区紀尾井町3-23　〒102-8008
TEL　03・3265・1211(代)
文藝春秋ホームページ　http://www.bunshun.co.jp

落丁、乱丁本は、お手数ですが小社製作部宛お送り下さい。送料小社負担でお取替致します。

印刷製本・大日本印刷

Printed in Japan
ISBN978-4-16-791678-7

文春文庫　最新刊

初詣で 照降町四季（一）　佐伯泰英
鼻緒屋の娘・佳乃。女職人が風を起こす新シリーズ始動

彼女は頭が悪いから　姫野カオルコ
東大生集団猥褻事件。誹謗された被害者は…。社会派小説

影ぞ恋しき 上下　葉室麟
雨宮蔵人に吉良上野介の養子から密使が届く。著者最終作

音叉　髙見澤俊彦
70年代を熱く生きた若者たち。音楽と恋が奏でる青春小説

赤い風　梶よう子
武蔵野原野を二年で畑地にせよ─難事業を描く歴史小説

海を抱いて月に眠る　深沢潮
在日一世の父が遺したノート。家族も知らない父の真実

最後の相棒 歌舞伎町麻薬捜査　永瀬隼介
新米刑事・高木は凄腕の名刑事・桜井と命がけの捜査に

小屋を燃《も》す　南木佳士
小屋を建て、壊し、生者と死者は呑みかわす。私小説集

武士の流儀（五）　稲葉稔
姑と夫の仕打ちに思いつめた酒問屋の嫁に、清兵衛は…

神のふたつの貌 〈新装版〉　貫井徳郎
牧師の子で、一途に神を信じた少年は、やがて殺人者に

バナナの丸かじり　東海林さだお
バナナの皮で本当に転ぶ？　抱腹絶倒のシリーズ最新作

人口減少社会の未来学　内田樹編
半減する日本の人口。11人の識者による未来への処方箋

バイバイバブリー　阿川佐和子
華やかな時代を経ていま気付くシアワセ…痛快エッセイ

選べなかった命 出生前診断の誤診で生まれた子　河合香織
生まれた子はダウン症だった。命の選別に直面した人々は

乗客ナンバー23の消失　セバスチャン・フィツェック　酒寄進一訳
豪華客船で消えた妻子を追う捜査官。またも失踪事件が

義経の東アジア 〈学藝ライブラリー〉　小島毅
開国か鎖国か。源平内乱の時代を東アジアから捉え直す